Diogenes Taschenbuch 24226

AF178673

CARSON McCULLERS, geboren 1917 in Columbus (Georgia), wollte eigentlich Pianistin werden. Mit 500 Dollar fuhr sie mit achtzehn alleine nach New York, um an der renommierten Juilliard School zu studieren. Das Geld verschwand auf mysteriöse Weise, doch sie blieb in New York, arbeitete als Sekretärin, Kellnerin, Barpianistin und beschloss, Schriftstellerin zu werden. Mit 23 erlitt sie den ersten von drei Schlaganfällen, ihr Leben wurde bestimmt durch die Krankheit, der sie ihr Werk abrang, und durch Einsamkeit, besonders nach dem Suizid ihres Mannes 1953. Carson McCullers starb 1967 in Nyack (New York).

Carson McCullers

Spiegelbild im goldnen Auge

Roman

*Aus dem amerikanischen Englisch
von Richard Moering*

*Mit einem Nachwort von
Tennessee Williams*

Diogenes

Titel der 1941 bei Houghton Mifflin, Boston, erschienenen
Originalausgabe: ›Reflections in a Golden Eye‹
Die vorliegende Übersetzung wurde 1958 unter dem Titel
›Der Soldat und die Lady‹ im Goverts Verlag, Stuttgart,
veröffentlicht und erschien 1966 unter dem Titel *Spiegelbild
im goldnen Auge* erstmals im Diogenes Verlag
Die Übersetzung wurde für die 2011 erschiene und hier als Taschenbuch
vorliegende Neuausgabe überarbeitet
Das Nachwort von Tennessee Williams erschien 1950 unter
dem Titel ›Introduction to *Reflections in a Golden Eye*‹
bei New Directions, New York
Die vorliegende Übersetzung von Elizabeth Gilbert erschien 1974 erstmals
auf Deutsch im Band *Über Carson McCullers,* detebe 20147
Copyright © 1950 by The University of the South
Permission by Mohrbooks AG, Zürich
Covermotiv: Gemälde von Edward Hopper, «Summertime»,
1943 (Ausschnitt)
Copyright © Heirs of Josephine N. Hopper/2024, ProLitteris, Zurich
Foto: © Delaware Art Museum/Bridgeman Images

Veröffentlicht als Diogenes Taschenbuch, 2013
Alle deutschen Rechte vorbehalten
Copyright © 1966, 2011
Diogenes Verlag AG Zürich
info@diogenes.ch · www.diogenes.ch
In Fragen zur Produktsicherheit (GPSR):
truepages UG (haftungsbeschränkt)
Westermühlstraße 29, 80469 München · info@truepages.de
ASR/24/852/2
ISBN 978 3 257 24226 3

Für Annemarie
Clarac-Schwarzenbach

I

Eine Garnison in Friedenszeiten ist ein langweiliger Ort. Es geschieht wohl hin und wieder etwas, aber fast immer das Gleiche; und die bloße Anlage eines Forts genügt, diese Eintönigkeit noch zu steigern. Die riesigen Betonkasernen, die langen Reihen der Offiziershäuser, blitzblank und eins ums andere demselben Modell folgend, die Turnhalle, die Kirche, der Golfplatz und die Badeplätze – alles ist streng nach Plan entworfen. Vielleicht aber ist an dieser Eintönigkeit vor allem die inselhafte Abgeschiedenheit schuld und ein Übermaß an Muße und Routine; denn wer einmal ins Heer eingetreten ist, braucht fortan in allem nur noch seinem Vordermann nachzueifern. Dennoch geschehen gelegentlich sogar in einer Garnison Dinge, die sich nicht so leicht wiederholen.

Es gibt in einem der Südstaaten ein Fort, wo vor einigen Jahren ein Mord geschah. An dieser Tragödie waren beteiligt: zwei Offiziere, ein Soldat, zwei Frauen, ein Filipino und ein Pferd. Der

Soldat war Private Ellgee Williams. Gegen Abend sah man ihn oft allein auf einer der vielen Bänke sitzen, die den Bürgersteig vor den Kasernen säumen. Es war ein angenehmer Ort, man saß unter zweireihig gepflanzten jungen Ahornbäumen, die ihre luftig zarten Schatten auf den Weg und den Rasen warfen. Im Frühling war das Laub der Bäume leuchtend grün, in den heißen Monaten nahm es einen dunkleren, gedämpften Ton an, um sich dann im Spätherbst in flammendes Gold zu verwandeln. Hier pflegte Private Williams zu sitzen und auf das Signal zum Abendessen zu warten. Er war ein schweigsamer junger Mann, der in der Kaserne weder Feinde noch Freunde hatte. Wachsame Unschuld prägte seine runden, sonnengebräunten Züge. Seine vollen Lippen waren rot, und die Ponyfransen fielen ihm dicht und braun in die Stirn. In seinen seltsam bernsteinfarbenen Augen lag jener stumme Ausdruck, den man sonst bei Tieren findet. Auf den ersten Blick wirkte Private Williams etwas schwerfällig und linkisch. Aber der Eindruck täuschte. Er bewegte sich mit der lautlosen Geschicklichkeit eines Raubtieres oder eines Diebes; und wiederholt kam es vor, dass Soldaten, die sich allein glaubten, ihn plötzlich wie aus dem Nichts neben sich auftauchen sahen. Seine Hände waren klein, feingliedrig und sehr kräftig.

Private Williams trank nicht, rauchte nicht, ging nicht zu Huren und spielte auch nicht um Geld. In der Kaserne war er meistens allein, seinen Kameraden war er ein Rätsel. Den Großteil seiner Freizeit verbrachte Private Williams in den Wäldern rund um das Fort. Das über zwanzig Quadratkilometer große Festungsgebiet war wildes, unberührtes Land, mit riesigen uralten Kiefern, den verschiedensten Blumen, sogar so scheue Tiere wie Hirsche, Wildschweine und Füchse gab es dort. Abgesehen vom Reiten konnte er nichts mit den Sportarten anfangen, die den Soldaten sonst offenstehen. Niemand hatte ihn je in der Turnhalle oder im Schwimmbad angetroffen; und nie hatte jemand ihn lachen, sich ärgern oder in irgendeiner Weise leiden sehen. Er aß dreimal am Tag gesund und reichlich und murrte nie über das Essen, wie es die anderen taten. Er schlief in einem Saal mit einer langen Doppelreihe von etwa drei Dutzend Feldbetten. Dort ging es selten still zu. Nachts, wenn die Lichter aus waren, hörte man die Kameraden schnarchen, fluchen und in ihren Träumen stöhnen. Private Williams aber verhielt sich ruhig; nur manchmal war ein leises Rascheln aus seinem Bett zu hören, wenn er einen Schokoladenriegel aus dem Papier wickelte.

Als Private Williams schon zwei Jahre gedient

hatte, schickte man ihn eines Tages zur Unterkunft eines gewissen Hauptmanns Penderton. Das kam folgendermaßen: Private Williams hatte ein Händchen für Pferde bewiesen und war in den letzten sechs Monaten oft zum Stalldienst abkommandiert worden. Hauptmann Penderton hatte mit dem Unteroffizier telefoniert; und da gerade viele Pferde auf Manöver waren und es in den Ställen wenig zu tun gab, wurde Private Williams mit dieser besonderen Aufgabe betraut, die im Übrigen sehr einfach war. Hauptmann Penderton wollte einen Teil des Unterholzes hinter seinem Haus roden lassen, um dort später einen Bratrost für Gartenpartys aufzustellen. Die Arbeit würde etwa einen Tag in Anspruch nehmen.

Private Williams begann sein Werk gegen halb acht morgens. Es war ein milder, sonniger Oktobertag. Er wusste bereits, wo der Hauptmann wohnte, da er auf seinen Spaziergängen durch den Wald mehrmals an dem Haus vorbeigekommen war. Auch den Hauptmann selber kannte er vom Sehen, ja, einmal hatte er ihm gar versehentlich einen Schaden zugefügt. Vor anderthalb Jahren war der Soldat für ein paar Wochen als Bursche abkommandiert worden, und zwar zum befehlshabenden Leutnant seiner Einheit. Eines Nachmittags hatte Hauptmann Penderton dem Leutnant einen Besuch gemacht. Private Williams servierte einen Imbiss und goss dem Hauptmann eine Tasse Kaffee über die Hose. Außerdem sah er den Hauptmann häufig im Stall, denn er sorgte für das Reitpferd der Frau des Hauptmanns – ein kastanienbrauner Hengst, das mit Abstand schönste Pferd in der Garnison.

Der Hauptmann wohnte am Rand des Forts. Sein mit Mörtel verputztes Haus war zweistöckig, hatte acht Zimmer und sah aus wie alle anderen Häuser in dieser Straße, außer dass es ein Eckhaus war. Auf zwei Seiten grenzte der Rasen an den Wald des Festungsgeländes; rechts wohnte der einzige Nachbar des Hauptmanns, Major Morris Langdon. Die Häuser in der Straße blickten auf eine weite braune Rasenfläche, die noch vor kurzem als Polofeld benutzt worden war.

Als Private Williams eintraf, kam der Hauptmann heraus, um ihm im Einzelnen zu erklären, was zu erledigen war. Das Zwergeichengebüsch und die Brombeersträucher sollten gerodet und die Äste der größeren Bäume abgesägt werden, wenn sie tiefer als etwa zwei Meter hinabreichten. Der Hauptmann bezeichnete eine mächtige alte Eiche etwa zwanzig Meter hinter dem Rasen als Grenze des zu bearbeitenden Geländes. An einer seiner teigigen Hände hatte der Hauptmann einen goldenen Ring. Er trug an diesem Morgen kurze Khakihosen, lange Wollstrümpfe und eine Wildlederjacke. Sein scharfgeschnittenes Gesicht wirkte angespannt. Er hatte schwarzes Haar und wasserblaue Augen. Der Hauptmann schien Private Williams nicht wiederzuerkennen und gab seine Befehle in einem nervösen, gezierten Ton. Er erklärte ihm, dass er noch an diesem Tag mit seiner Arbeit fertig werden müsse, und setzte hinzu, er werde gegen Abend zurückkommen.

Der Soldat arbeitete den ganzen Vormittag ohne Unterbrechung. Um die Mittagszeit ging er zum Essen in die Kantine. Um vier Uhr war er mit der Arbeit fertig. Er hatte sogar mehr getan, als der Hauptmann ausdrücklich verlangt hatte. Die alte Eiche, die ihm als Grenze bezeichnet worden war, hatte eine ungewöhnliche Gestalt. Die Äste auf der Rasenseite waren so hoch, dass man bequem unter ihnen hindurchgehen konnte, während die Äste auf der anderen Seite in der anmutigsten Weise bis auf den Boden reichten. Diese tiefhängenden Äste hatte der Soldat mit viel Mühe abgesägt. Als er mit allem fertig war, lehnte er sich gegen den Stamm einer Kiefer und wartete. Er schien mit sich zufrieden zu sein und durchaus bereit, hier für alle Ewigkeit zu stehen und zu warten.

»Was machen Sie denn hier?«, fragte plötzlich eine Stimme.

Der Soldat hatte die Frau des Hauptmanns aus der Hintertür des Nachbarhauses herauskommen und über den Rasen auf sich zugehen sehen; aber erst als sie ihn anredete, nahm sein dämmriges Bewusstsein sie wirklich wahr.

»Ich war gerade drüben bei den Ställen«, sagte Mrs. Penderton. »Firebird ist getreten worden.«

»Jawohl, Ma'am«, erwiderte der Soldat vage. Er hielt kurz inne, um den Sinn ihrer Worte zu erfassen. »Wie denn?«

»Ich weiß es nicht. Vielleicht so ein verdammtes Maultier… vielleicht hat man ihn auch zu den Stuten gelassen. Ich war wütend und habe nach Ihnen gefragt.«

Die Frau des Hauptmanns legte sich in eine Hängematte, die zwischen zwei Bäumen am Rand des Rasens aufgehängt war. Selbst in ihrer Sportkleidung – hohe Stiefel, schmutzige Reithosen aus Kord, die an den Knien abgeschabt waren, und ein grauer Wollpullover – war sie eine hübsche Frau. Sie hatte die friedlich-versonnenen Gesichtszüge einer Madonna und trug ihr glattes bronzefarbenes Haar in einen Knoten geschlungen dicht überm Nacken. Während sie sich ausruhte, kam das Dienstmädchen, eine junge Schwarze, mit einem Tablett heraus, auf dem eine Flasche Schnaps, ein Glas und ein Krug Wasser standen. Mrs. Penderton war nicht kleinlich mit dem Schnaps. Sie trank schnell zwei volle Gläser und goss dann einen Schluck kaltes Wasser hinterher. Sie sagte nichts mehr zu dem Soldaten, und er fragte sie nicht weiter nach dem Pferd. Keiner schien sich um die Gegenwart des anderen zu kümmern. Der Soldat lehnte sich zurück gegen seine Kiefer und starrte ohne zu blinzeln ins Weite.

Die späte Herbstsonne warf einen goldenen Lichtschleier über den frischverlegten Winterrasen; und selbst im Wald blitzte sie hier und da durch das Blätterdach und malte leuchtende Goldmuster auf den Boden. Dann plötzlich war sie verschwunden. Die Luft kühlte sich ab, und ein leichter, frischer Wind kam auf. Es war Zeit, ins Haus zu gehen. Aus der Ferne klang der Ruf des Signalhorns milde herüber, und sein flüchtiges Echo hallte dumpf in den Wäldern wider. Die Nacht war nah.

In diesem Augenblick kehrte Hauptmann Penderton zurück. Er parkte seinen Wagen vor dem Haus und ging sofort in den Garten, um sich die geleistete Arbeit anzusehen. Er begrüßte seine Frau und winkte dem Soldaten kurz zu, der jetzt in recht nachlässiger Haltung vor ihm stand. Der Hauptmann warf einen Blick auf das gerodete Stück Land. Plötzlich schnipste er mit den Fingern, verzog seine Lippen zu einem schmalen höhnischen

Lächeln und sah den Soldaten mit seinen wasserblauen Augen an. Dann sagte er sehr ruhig: »Soldat, es ging vor allem um die Eiche.«

Der Soldat nahm diese Bemerkung schweigend hin. Sein rundes ernstes Gesicht veränderte sich nicht.

»Ich hatte Sie angewiesen, nur bis zur Eiche zu roden«, fuhr der Offizier mit erhobener Stimme fort. Er stakste auf den besagten Baum zu und zeigte auf die großen abgesägten Äste. »Der ganze Sinn war doch, dass diese Zweige, weil sie so tief herabhängen, einen abschließenden Hintergrund vor dem Wald bildeten. Jetzt ist alles ruiniert.«

Die Erregung des Hauptmanns war zu groß, als dass man sie allein diesem Missgeschick hätte zuschreiben können. Wie er so allein unter den Bäumen stand, sah man erst, wie klein er eigentlich war.

»Was befehlen Herr Hauptmann?«, fragte Private Williams nach einer langen Pause.

Mrs. Penderton lachte plötzlich auf, stellte einen gestiefelten Fuß auf den Boden und begann, sich in der Hängematte zu schaukeln. »Herr Hauptmann befehlen, die abgesägten Äste wieder anzunähen.«

Ihr Mann blieb ernst. »Los!«, rief er dem Soldaten zu. »Holen Sie etwas Laub, und bedecken Sie damit die kahlen Stellen, wo Sie die Büsche ausgerissen haben. Dann können Sie gehen.« Er gab dem Soldaten ein Trinkgeld und begab sich ins Haus.

Private Williams ging langsam in den dunkelnden Wald, um Laub zu sammeln. Die Frau des Hauptmanns schaukelte weiter und schien nahe daran einzuschlafen. Der Himmel füllte sich mit einem blassgelben kalten Licht, und alles war still.

Hauptmann Penderton fühlte sich an diesem Abend unwohl. Er ging ins Haus und weiter in sein Arbeitszimmer, das neben dem Esszimmer lag und ursprünglich als Veranda geplant war. Er setzte sich an seinen Schreibtisch, öffnete ein dickes Notizbuch, breitete eine Karte vor sich aus und nahm seinen Rechenschieber aus der Schublade, konnte sich aber trotz dieser Vorbereitungen nicht auf seine Arbeit konzentrieren. Er beugte sich über den Schreibtisch, stützte den Kopf in beide Hände und schloss die Augen.

Zum Teil rührte seine Unruhe von dem Ärger mit Private Williams her. Es hatte ihn schon gereizt, dass man ihm gerade diesen Soldaten geschickt hatte. Es gab im ganzen Fort vermutlich nur ein halbes Dutzend einfache Soldaten, die der Hauptmann vom Sehen kannte. Und er hatte nichts als Verachtung für sie übrig. Offiziere und Soldaten mochten zwar beide dem menschlichen Geschlecht angehören, doch stellten sie zwei grundverschiedene Arten dar. Der Hauptmann hatte den verschütteten Kaffee nicht vergessen, der ihm einen nagelneuen Anzug verdorben hatte. Der Anzug war aus schwerer Chinaseide, und der Fleck war nie ganz herausgegangen. (Der Hauptmann trug auch außerhalb des Forts stets seine Uniform; zu Offiziersgesellschaften aber kam er in Zivil, da war er ganz der feine Herr.)

Abgesehen von diesem Ärgernis hing Private Williams in der Vorstellung des Hauptmanns auf unangenehme Weise mit den Stallungen und mit Firebird zusammen, dem Pferd seiner Frau. Und nun war auch noch die Sache mit der Eiche passiert. Das brachte das Fass zum Überlaufen. Der Hauptmann überließ sich an seinem Schreibtisch einem kurzen, grimmigen Wachtraum. Er malte sich eine Gelegenheit aus, wie er den Soldaten bei einer verbotenen Handlung ertappte und ihn deswegen vor das Militärgericht brachte. Das tröstete ihn ein wenig. Er goss sich aus der Thermosflasche auf seinem Tisch eine Tasse Tee ein, und dringlichere Sorgen bemächtigten sich seiner.

Die Rastlosigkeit, die den Hauptmann an diesem Abend quälte, hatte verschiedene Gründe. Seine Persönlichkeit war in mehrfacher Hinsicht ungewöhnlich. Zu den drei Fundamenten des Daseins, Leben, Liebe und Tod, stand er in einem etwas sonderbaren Verhältnis. Was die Liebe betraf, so vermochte der Hauptmann, das männliche wie das weibliche Element in sich in einem, wenn auch heiklen Gleichgewicht zu halten. Er vereinigte die Empfindlichkeiten beider Geschlechter in sich, ohne jedoch ihre Stärken zu besitzen. Für jemanden, der schon zufrieden ist, wenn er sich zurückziehen und seine vielfältigen Interessen energisch in irgendeiner unpersönlichen Tätigkeit bündeln kann, etwas Künstlerischem oder gar einer verschrobenen Idee wie der Quadratur des Kreises, für einen solchen Menschen ist dieser Zustand durchaus erträglich. Der Hauptmann hatte seinen Beruf und schonte sich nicht; es hieß, eine glänzende Laufbahn liege vor ihm. Am Ende hätte er jenen Grundmangel, beziehungsweise jenes Zuviel, gar nicht empfunden, wäre nicht seine Frau gewesen. Sie war der Anlass seiner Leiden. Denn er hatte die unglückliche Neigung, sich in ihre Liebhaber zu verlieben.

Sein Verhältnis zu den beiden anderen Fundamenten des Daseins war wesentlich einfacher. Zwischen den beiden großen Instinkten, dem Lebenswillen und der Todesfurcht, neigte seine innere Waagschale entschieden nach der zweiten Seite. Und deshalb war der Hauptmann ein Feigling.

Hauptmann Penderton war eine Art Privatgelehrter. Als Leutnant und Junggeselle hatte er jahrelang reichlich Gelegenheit zum Lesen gehabt, da die Kameraden sein Zimmer im Junggesellenquartier eher mieden oder ihn nur zu zweien oder in Gruppen besuchten. Sein Kopf war vollgestopft mit Statistiken, sein Wissen von schulmeisterlicher Genauigkeit. So konnte er beispielsweise den sonderbaren Verdauungsapparat eines Hummers oder die Lebensgeschichte eines Trilobiten bis ins Detail erklären. Er schrieb und sprach drei Sprachen mit großer Eleganz. Er kannte sich leidlich aus in der Sternkunde und hatte eine Menge Gedichte gelesen. Aber obwohl er über so viele Dinge Bescheid wusste, hatte der Hauptmann sein Leben lang nie eine eigene Idee gehabt. Denn eine Idee setzt die Verknüpfung zweier oder mehrerer Tatsachen voraus, und dazu fehlte es dem Hauptmann an Mut.

Als er an jenem Abend so verloren an seinem Schreibtisch saß und nicht arbeiten konnte, befasste er sich nicht mit seinen Gefühlen. Das Gesicht des Soldaten Williams fiel ihm wieder ein. Dann erinnerte er sich daran, dass sie die Langdons von nebenan zum Abendessen eingeladen hatten. Major Morris Langdon war der Geliebte seiner Frau; aber der Hauptmann verweilte nicht bei diesem Gedanken. Stattdessen entsann er sich plötzlich eines lange zurückliegenden Abends, kurz nach seiner Hochzeit. An jenem Abend war er genauso unglücklich und rastlos gewesen und hatte seine Nerven auf eine recht sonderbare Weise beruhigt. Er war von dem Fort, in dem er damals Dienst tat, in die nächste Stadt gefahren, hatte seinen Wagen abgestellt und war dann lange in den Straßen herumgewandert. Es war Winter und spät in der Nacht. Auf seinem Weg begegnete der Hauptmann einem winzigen Kätzchen, das sich im Schutz eines Hauseingangs behaglich zusammengekauert hatte. Als der Hauptmann sich zu ihm hinunterbeugte, hörte er es schnurren. Er hob das Kätzchen hoch und fühlte deutlich das leichte Vibrieren auf seiner Handfläche. Lange blickte er in das sanfte niedliche Gesichtchen und streichelte das warme Fell. Das Kätzchen war gerade so alt, dass es seine klaren grünen Augen ganz öffnen konnte. Schließlich nahm der Hauptmann das Kätzchen bis zur nächsten Straßenecke mit, wo ein Briefkasten hing. Nachdem er sich rasch umgeschaut hatte, öffnete der Hauptmann die eiskalte Klappe und steckte das Kätzchen hinein. Dann ging er wieder seines Weges.

Der Hauptmann hörte die Gartentür zuschlagen und verließ seinen Schreibtisch. In der Küche saß seine Frau auf dem Tisch und ließ sich von

Susie, dem farbigen Hausmädchen, die Stiefel auszuziehen. Mrs. Penderton war keine reinblütige Südstaatlerin. Als Tochter eines Offiziers war sie in der Armee groß geworden. Ihr Vater, der zuletzt als Brigadegeneral gedient hatte, stammte von der Westküste, während ihre Mutter in South Carolina geboren war. Ihrem Wesen nach war auch die Frau des Hauptmanns ganz Südstaatlerin. Ihr Gasofen zum Beispiel war zwar nicht, wie bei ihrer Großmutter, seit Generationen unter einer Schmutzkruste verschwunden, sauber konnte man ihn aber nicht nennen. Mrs. Penderton hielt auch andere Südstaatenbräuche treu in Ehren, wie etwa den Glauben, dass Brot wie überhaupt jedes Gebäck nur dann essbar sei, wenn der Teig auf einer marmornen Tischplatte geknetet werde. Aus diesem Grund hatten sie damals, als der Hauptmann nach Schofield Barracks abkommandiert worden war, den Tisch, auf dem sie gerade saß, bis nach Hawaii und dann wieder zurück mit sich geschleppt. Fand die Frau des Hauptmanns einmal ein schwarzes krauses Haar in der Suppe, so wischte sie es seelenruhig in die Serviette und widmete sich, ohne mit der Wimper zu zucken, wieder ihrer Mahlzeit.

»Susie«, sagte Mrs. Penderton, »haben Menschen eigentlich auch einen Muskelmagen, wie die Hühner?«

Der Hauptmann stand unbemerkt von seiner Frau und dem Dienstmädchen in der Tür. Als Mrs. Penderton von ihren Stiefeln befreit war, lief sie barfuß in der Küche herum. Sie nahm eine Schinkenkeule aus dem Ofen und bestreute sie mit braunem Zucker und Brotkrumen. Dann goss sie sich ein neues Glas ein, diesmal aber nur halb, und führte aus purem Übermut einen kleinen *shag dance* auf. Das reizte den Hauptmann aufs Höchste, was sie genau wusste. »Um Gottes willen, geh rauf, Leonora, und zieh dir Schuhe an.«

Statt einer Antwort summte Mrs. Penderton eine alberne kleine Melodie vor sich hin und tanzte an dem Hauptmann vorbei ins Wohnzimmer.

Ihr Mann ging dicht hinter ihr her. »Du läufst durchs Haus wie die letzte Schlampe.«

Mrs. Penderton beugte sich nieder, um das Feuerholz im Kamin anzuzünden. Ihr glattes Gesicht war gerötet, und auf ihrer Oberlippe glänzten kleine Schweißperlen.

»Die Langdons können jeden Augenblick kommen. Du willst sie doch nicht in diesem Aufzug empfangen?«

»Warum denn nicht, du alte Zimperliese?«, sagte sie.

Der Hauptmann sagte kalt und steif: »Du widerst mich an.«

Mrs. Pendertons Antwort war ein plötzliches Lachen, sanft und wild zugleich, als hätte man ihr irgendeine lang erwartete skandalöse Neuigkeit oder einen gewagten Witz erzählt. Sie zog ihren Pullover aus, knüllte ihn zu einer Kugel und warf ihn in die Zimmerecke. Dann knöpfte sie sorgfältig ihre Reithosen auf und zog sie aus. Schon stand sie nackt am Kamin. Das helle orangefarbene Feuer betonte ihre makellose Figur. Ihre Schultern waren so gerade, dass die Schlüsselbeine eine klare Linie bildeten. Zartblaue Adern verzweigten sich zwischen ihren runden Brüsten. In wenigen Jahren würde ihr Körper voll erblüht sein, einer Rose gleich, noch aber hielt sie ihre weichen Rundungen durch sportliche Disziplin gestrafft. Sie stand ganz still und friedlich da, und doch ging ein unmerkliches Vibrieren von ihrem Körper aus, als könne man bei einer leisen Berührung das stillströmende rote Blut unter ihrer zarten Haut pulsieren fühlen. Während der Hauptmann sie mit der Empörung eines Mannes betrachtete, der einen Schlag ins Gesicht bekommen hat, ging sie heiter und gelassen durch den Hausflur auf die Treppe zu. Die Haustür stand offen. Ein Luftzug wehte aus der dunklen Nacht herein und hob eine Strähne ihres Bronzehaares empor.

Als der Hauptmann sich von seinem Schock erholt hatte, war sie schon halb die Treppe hinauf. Dann erst lief er zitternd hinter ihr her. »Ich werde dich umbringen! Verlass dich drauf!«, rief er mit erstickter Stimme. Seine linke Hand umklammerte das Geländer, während er den rechten Fuß auf die Treppe setzte, als wollte er hinter ihr herspringen.

Langsam drehte sie sich um und blickte gleichgültig auf ihn hinunter, ehe sie zu ihm sagte: »Hat dich schon mal eine nackte Frau beim Kragen gepackt, mein Junge, und auf die Straße gezerrt und verdroschen?«

Der Hauptmann verharrte in derselben Haltung, in der sie ihn hatte stehenlassen. Dann legte er seinen Kopf auf den ausgestreckten Arm und stützte sich mit seinem ganzen Gewicht auf das Treppengeländer. Ein rauher Ton drang aus seiner Kehle, beinah ein Schluchzen, aber keine Träne lief über sein Gesicht.

Nach einer Weile richtete er sich auf und wischte sich den Nacken mit seinem Taschentuch. Dann erst bemerkte er, dass die Vordertür offen stand, dass das Haus erleuchtet war und alle Vorhänge offen standen. Er fühlte ein wachsendes Unbehagen. Wer alles mochte in der dunklen Straße an dem Haus vorbeigegangen sein? Er dachte an den Soldaten, den er kurz zuvor am Waldrand entlassen hatte. Auch er hätte diese Szene beobachten können! Der Hauptmann blickte sich ängstlich nach allen Seiten um. Dann ging er in sein Arbeitszimmer, wo eine Karaffe mit starkem alten Brandy auf ihn wartete.

Leonora Penderton fürchtete weder Mensch noch Tier, noch Teufel. Mit Gott hatte sie nie etwas zu tun gehabt. Fiel einmal der Name des HERRN, so dachte sie allenfalls an ihren Vater, der sonntagnachmittags manchmal in der Bibel gelesen hatte. An zwei Geschichten erinnerte sie sich deutlich: die eine, dass Jesus auf einem Berge gekreuzigt worden war, der ›Kavalleria‹ hieß, und die andere, dass er einmal irgendwo auf einem Esel geritten war; und wer ritt schon freiwillig auf einem Esel?

Nach fünf Minuten hatte Leonora Penderton die Szene mit ihrem Ehemann vergessen. Sie ließ sich Badewasser einlaufen und legte ihre Garderobe für den Abend bereit. Bei den Damen der Garnison war sie ein beliebtes Gesprächsthema. Ihrer Meinung nach bestand Leonora Pendertons Vergangenheit und Gegenwart aus einem einzigen Sammelsurium amouröser Abenteuer. Aber die meisten dieser Geschichten beruhten auf Gerüchten und bloßen Mutmaßungen – denn Leonora Penderton liebte klare Verhältnisse und hasste Komplikationen. Als sie den Hauptmann heiratete, war sie

Jungfrau. Vier Nächte nach der Hochzeit war sie es noch immer; und in der fünften Nacht änderte sich ihr Zustand nur insofern, als sie plötzlich etwas verwirrt war. Viel mehr gab es nicht zu erzählen. Sie selbst hätte wohl ihre Abenteuer nach einem eigenen System bewertet und den alten Oberst in Leavenworth nur mit einem halben, den jungen Leutnant in Hawaii aber mit mehreren Sternen ausgezeichnet. In den beiden letzten Jahren aber hatte es nur Major Morris Langdon gegeben und sonst niemanden. Mit ihm war sie zufrieden.

In der Garnison galt Leonora Penderton als eine gute Gastgeberin, als eine ausgezeichnete Sportlerin, ja sogar als ›große Dame‹. Trotzdem gab es etwas an ihr, das ihre Freunde und Bekannten beunruhigte. Sie ahnten etwas und konnten es doch nicht greifen. In Wahrheit war Leonora aber bloß ein wenig beschränkt.

Diese traurige Tatsache machte sich weder auf Partys noch in den Stallungen, noch an ihrem eignen Tisch bemerkbar. Und es gab nur drei Menschen, die davon Kenntnis genommen hatten: ihr alter Vater, der General, der sich einige Sorgen gemacht hatte, bis sie endlich verheiratet war; ihr Gatte, der dies bei allen Frauen unter vierzig für einen natürlichen Zustand hielt; und Major Morris Langdon, der sie darum nur umso mehr liebte. Sie

hätte auch unter der Folter nicht zwölf mit drei-
zehn multiplizieren können. Musste sie einmal unbedingt einen Brief schreiben, etwa um ihrem Onkel für ein Geburtstagsgeschenk zu danken oder
um ein Paar neue Zügel zu bestellen, so war das für
sie ein so bedeutsames Unterfangen, dass sie mit
Susie in der Küche in Klausur ging, wo sich die beiden Frauen dann mit einem Stoß Papier und mehreren sauber gespitzten Bleistiften an den Tisch
setzten. War der endgültige Entwurf fertiggestellt
und sauber abgeschrieben, so waren sie jedes Mal
ganz erschöpft und mussten zur Stärkung einen
Schnaps trinken.

Leonora Penderton genoss an jenem Abend ihr
Bad ausgiebig. Dann zog sie die bereits aufs Bett
gelegten Kleider an. Sie trug einen einfachen grauen
Rock, einen blauen Pullover aus Angorawolle und
Perlenohrringe. Um sieben Uhr ging sie wieder
nach unten, wo die Gäste bereits auf sie warteten.

Sie und der Major fanden das Essen erstklassig.
Zuerst gab es eine Bouillon; dann kam der Schinken mit gebratenem Kohlrabi und kandierten Süß-
kartoffeln, die mit einer reichen Sauce überzogen
waren und im Licht wie Bernstein schimmerten.
Als Beilage gab es Brötchen und einen Auflauf aus
Maismehl.

Susie servierte das Gemüse und ließ die Schüsseln auf der Tafel stehen, zwischen dem Major und Leonora, die beide große Esser waren. Der Major hatte einen Ellbogen aufgestützt und fühlte sich überhaupt sehr zu Hause. Sein braunrotes Gesicht hatte einen offenen und gutmütigen Ausdruck. Er war bei den Offizieren wie bei den Soldaten sehr beliebt. Die spärliche Unterhaltung beschränkte sich fast ausschließlich auf den Unfall von Firebird. Mrs. Langdon aß kaum etwas. Sie war eine kleine dunkelhaarige, zarte Frau mit einer großen Nase und einem sinnlichen Mund. Sie war sehr krank, und man sah es ihr an. Ihre Krankheit war nicht nur körperlicher Natur. Sie hatte so viel Kummer und Ängste ausgestanden, dass sie dem Wahnsinn bedrohlich nahe war. Hauptmann Penderton saß sehr gerade, die Ellbogen dicht am Körper. Einmal gratulierte er dem Major herzlich zu einer neuen Medaille. Während der Mahlzeit schnippte er mehrmals mit dem Finger gegen den Rand seines Wasserglases und lauschte dem nachklingenden klaren Ton. Zum Nachtisch gab es einen heißen Pudding. Dann gingen die vier in den Salon, um den Abend mit Kartenspiel und Geplauder zu beenden.

»Du bist eine verdammt gute Köchin, meine Liebe«, sagte der Major behaglich.

Die vier Personen um den Spieltisch waren nicht

allein. Draußen in der Herbstnacht stand ein Mann, der sie schweigend durchs Fenster beobachtete. Die Nacht war kalt, und der reine Geruch der Kiefern würzte die Luft. Der Wind sang in den Wipfeln des nahen Waldes, und am Himmel glitzerten eisig die Sterne. Der Mann, der die vier beobachtete, stand so nah am Fenster, dass sein Atem auf der kalten Fensterscheibe zu sehen war.

Private Williams hatte in der Tat gesehen, wie Mrs. Penderton vom Kamin fort und die Treppe hinauf in ihr Badezimmer gegangen war. Noch nie in seinem Leben hatte der junge Soldat eine nackte Frau gesehen. Er war in einem reinen Männerhaushalt aufgewachsen. Sein Vater, der eine kleine Farm mit einem einzigen Maulesel bestellte und sonntags in einer Sektenkirche predigte, hatte ihm erklärt, dass Frauen mit einer tödlichen ansteckenden Krankheit behaftet seien, welche die Männer erblinden lasse, sie zu Krüppeln mache und reif für die Hölle. Auch im Heer hatte er viel von dieser schlimmen Krankheit reden hören; einmal im Monat wurde er sogar vom Arzt daraufhin untersucht, ob er eine Frau berührt habe. Private Williams hatte seit seinem achten Jahr niemals absichtlich ein weibliches Wesen berührt oder angeschaut oder angesprochen.

Beim Sammeln des modrigen Herbstlaubes im

Wald hatte er sich verspätet. Als er endlich damit fertig war, war er auf seinem Weg zur Kantine über den Rasen des Hauptmanns gegangen und hatte zufällig einen Blick in den grell erleuchteten Korridor geworfen. Und seither hatte er es nicht über sich gebracht weiterzugehen. Reglos stand er da, mit hängenden Armen, in der stillen Nacht. Als bei Tisch der Schinken angeschnitten wurde, hatte er ein paarmal krampfhaft schlucken müssen. Er hielt jedoch seinen tiefernsten Blick weiter auf die Frau des Hauptmanns gerichtet. Der Ausdruck seines stummen Gesichts hatte sich durch dies Erlebnis nicht verändert, wohl aber kniff er hin und wieder seine goldbraunen Augen zusammen, als überdenke er einen raffinierten Plan. Als die Frau des Hauptmanns das Esszimmer verließ, blieb er noch eine Weile dort stehen. Dann ging er sehr langsam weiter. Das Licht hinter ihm warf seinen Schatten groß und schwarz auf den glatten Rasen. Der Soldat ging wie jemand, auf dem ein dunkler Traum lastet, und seine Schritte waren geräuschlos.

II

Am folgenden Morgen ging Private Williams in aller Frühe zu den Stallungen. Die Sonne war noch nicht aufgegangen, und es war kalt und trübe. Milchige Nebelstreifen lagen über der feuchten Erde, und der Himmel war silberblass. Der Weg zu den Stallungen führte über eine Anhöhe, von der man das ganze Gelände übersehen konnte. Die Wälder hatten sich herbstlich verfärbt, und zwischen dem Schwarzgrün der Kiefern tauchten überall Flecken von Rot und Gelb auf. Langsam ging der Soldat den mit Laub bedeckten Weg weiter. Hin und wieder blieb er stehen und verharrte regungslos, als lausche er einem Ruf aus weiter Ferne. Sein sonnengebräuntes Gesicht war von der Morgenluft gerötet, und auf seinen Lippen waren noch die Spuren der Milch zu sehen, die er zum Frühstück getrunken hatte. Schlendernd und trödelnd erreichte er die Stallungen, gerade als die Sonne aufging.

In den Ställen war es noch recht dunkel, und niemand war zu sehen. Die Luft war stickig, warm und süßsauer. Als der Soldat an den Boxen vorbeiging, hörte er das friedliche Atmen der Pferde und ab und zu ein schläfriges Schnauben oder ein kurzes Wiehern. Stumme feuchte Augen blickten ihn an. Der junge Soldat nahm ein Zuckerpäckchen aus der Tasche, und bald waren seine Hände mit warmem klebrigen Speichel bedeckt. Er ging in die Box einer jungen Stute, die jeden Augenblick fohlen konnte. Er streichelte ihren geschwollenen Bauch und blieb, die Arme um ihren Hals, eine Zeitlang neben ihr stehen. Dann ließ er die Maultiere auf die Koppel. Der Soldat blieb nicht lange mit den Tieren allein – bald meldeten sich auch die anderen Männer zum Dienst. Es war Samstag, und am Samstag ging es in den Stallungen hoch her, da die Kinder und Frauen der Garnison vormittags Reitunterricht bekamen. Sehr bald füllte lautes Reden und das Geräusch schwerer Schritte die Ställe, und die Pferde wurden unruhig in ihren Boxen.

Mrs. Penderton war an jenem Morgen als eine der Ersten und, wie gewöhnlich, in Begleitung von Major Langdon erschienen. Ausnahmsweise war diesmal auch Hauptmann Penderton mitgekommen, der sonst allein und erst am späten Nachmittag reiten ging. Die drei saßen auf dem Koppelgatter, während ihre Pferde gesattelt wurden. Private Williams führte zunächst Firebird vor. Seine Verletzung, über die die Gattin des Hauptmanns sich so geärgert hatte, war sehr übertrieben worden. Der Hengst hatte am linken Vorderbein eine leichte Schramme, die mit Jod behandelt wurde. Als das Tier in die helle Sonne trat, blähte es aufgeregt die Nüstern und wandte seinen langen Hals nach allen Seiten. Sein seidiges Fell war blank gestriegelt, und seine dunkle Mähne glänzte in der Sonne. Auf den ersten Blick schien der Hengst für ein Vollblut zu groß und zu massig zu sein. Seine breite Kruppe war muskulös und seine Sprunggelenke ein wenig zu schwer, aber seine Bewegungen waren von einer wunderbar feurigen Schönheit; und einmal, in Camden, hatte er sogar seinen Vater, ein berühmtes Rennpferd, geschlagen.

Als Mrs. Penderton aufgesessen war, versuchte der Hengst zweimal zu steigen und gegen den Reitweg auszubrechen. Dann stieß er in die Zügel und tänzelte ungeduldig mit gebogenem Hals und hohem Schweif und etwas Schaum vor dem Maul auf der Stelle. Bei diesem Kampf zwischen Pferd und Reiter lachte Mrs. Penderton laut und sagte mit vor Aufregung bebender Stimme zu Firebird: »Du geliebter Schuft, du!« Der Kampf endete wie jeden Morgen so plötzlich, wie er begonnen hatte, und konnte eigentlich kaum noch ein Kampf genannt werden. Als verzogener Zweijähriger war Firebird in den Stall gekommen und hatte ihr zunächst viel Kummer gemacht. Zweimal hatte der Hengst Mrs. Penderton abgeworfen; und als einige Soldaten ihr einmal auf dem Heimweg begegneten, sahen sie, dass sie ihre Unterlippe wund gebissen hatte und dass ihr Pullover und ihr Hemd blutig waren.

Mittlerweile aber war dieses tägliche Scharmützel bloßes Theater – eine harmlose Pantomime, die Pferd und Reiter zu ihrem eigenen und zum Vergnügen der Zuschauer aufführten. Und der schäumende Hengst in seiner anmutigen Widerspenstigkeit schien durchaus zu merken, dass man ihn bewunderte. Endlich stand er still und seufzte einmal tief – nicht viel anders als ein junger Ehemann, der schmunzelnd und achselzuckend seiner unbändigen Frau ihren Willen lässt. Abgesehen von diesen gespielten Revolten war das Pferd perfekt durchgeritten.

Die Soldaten hatten allen Reitern, die regelmäßig kamen, Spitznamen gegeben. So hieß Major Langdon ›der Büffel‹, weil er, sobald er im Sattel saß, seinen Kopf und die breiten Schultern hängen ließ. Der Major war ein vorzüglicher Reiter und hatte sich als junger Leutnant auf dem Polofeld einen Namen gemacht. Hauptmann Penderton hingegen war überhaupt kein Reiter, was ihm selbst jedoch nicht bewusst war. Er saß stocksteif in der vorgeschriebenen Haltung auf seinem Pferd. Hätte er sich von außen sehen können, hätte er das Reiten vielleicht aufgegeben. Sein Hintern rutschte und ruckelte auf dem Sattel herum, weswegen er bei den Soldaten ›Hauptmann Hampelmann‹ hieß. Mrs. Penderton hieß einfach ›die Lady‹, so hoch wurde sie in den Stallungen geachtet.

An diesem Morgen setzten die drei Reiter sich gemächlich in Bewegung, an der Spitze Mrs. Penderton. Private Williams sah ihnen nach, bis sie außer Sicht waren. Bald darauf hörte er am Rhythmus der Hufschläge auf dem harten Reitweg, dass sie in ruhigen Galopp gefallen waren.

Die Sonne schien jetzt heller, und der Himmel war tiefblau. Es war kühl und roch leicht nach Dung und verbranntem Laub. Der Soldat blieb so lange auf seinem Platz, dass der Sergeant ihn schließlich gutmütig polternd fragte: »He, du Schlafmütze, willst du noch lange Maulaffen feilhalten?« Der Hufschlag der Pferde war nicht mehr zu hören. Der junge Soldat strich sich die Haare aus der Stirn und begann langsam mit seiner Arbeit. Den ganzen Tag über sprach er kein Wort.

Spätabends zog Private Williams sich frische Kleider an und ging in den Wald. Am Rand des Festungsgebiets lief er bis zu dem Geländestreifen, den er für Hauptmann Penderton gerodet hatte.

Diesmal war das Haus nicht hell erleuchtet. Nur in einem Zimmer, rechts oben, brannte Licht, und in der kleinen Veranda vor dem Esszimmer. Als der Soldat näher kam, sah er, dass der Hauptmann allein in seinem Arbeitszimmer saß. Also war seine Frau oben in dem hellen Zimmer mit den heruntergelassenen Jalousien. Das Haus war wie alle anderen in diesem Block erst kürzlich erbaut worden und die Zierbüsche im Garten noch recht kümmerlich. Immerhin hatte der Hauptmann zwölf Ligustersträuche pflanzen lassen. Im Schutz des dichten Immergrüns konnte der Soldat von der Straße und auch vom Nachbarhaus nicht leicht gesehen werden. Er stand so nahe neben dem Hauptmann, dass er ihn mit der ausgestreckten Hand hätte berühren können, wenn das Fenster offen gewesen wäre.

Hauptmann Penderton saß an seinem Schreibtisch, mit dem Rücken gegen Private Williams. Er zappelte fortwährend bei der Arbeit. Neben den Büchern und Papieren standen auf seinem Tisch eine dunkelrote Karaffe und eine Thermoskanne mit Tee, neben der eine Schachtel Zigaretten lag. Er trank abwechselnd heißen Tee und Rotwein und steckte sich alle zehn bis fünfzehn Minuten eine neue Zigarette in seine Bernsteinspitze. Er arbeitete bis zwei Uhr morgens, und der Soldat sah ihm dabei zu.

Mit dieser Nacht begann eine seltsame Zeit. Jeden Abend kehrte der Soldat, vom Wald her kommend, zurück und beobachtete, was im Haus des Hauptmanns vor sich ging. Vor den Fenstern des Esszimmers hingen Spitzengardinen, durch die er hineinsehen konnte, ohne selber gesehen zu werden. Er stand neben dem Fenster und sah von der Seite ins Zimmer, so blieb sein Gesicht unbeleuchtet. Drinnen geschah nichts Besonderes. Die Pendertons waren abends häufig eingeladen und kamen erst um Mitternacht wieder nach Hause. Einmal hatten sie sechs Gäste zum Abendessen. Die meisten Abende verbrachten sie jedoch mit Major Langdon, der entweder allein kam oder mit seiner Frau. Dann wurde im Wohnzimmer Karten gespielt, getrunken und geplaudert. Der Soldat ließ seine Augen nicht von der Frau des Hauptmanns.

In dieser Zeit ging eine Veränderung mit ihm vor. So hatte Private Williams eine neue Angewohnheit: Er blieb oftmals plötzlich stehen, um dann lange ins Weite zu starren. Mitten beim Stallreinigen oder beim Satteln eines Maultiers schien er plötzlich in eine Art Trance zu verfallen. Dann stand er reglos da und hörte nicht einmal, wenn man ihn beim Namen rief. Der Wachtmeister vom Stalldienst bemerkte das und war irritiert. Er hatte dieses seltsame Benehmen schon bei einigen jungen Soldaten beobachtet, wenn sie sich nach ihrer Farm und ihren Mädchen sehnten und vorhatten ›zu türmen‹. Aber Private Williams hatte auf die Fragen des Sergeanten geantwortet, dass er an gar nichts denke.

Der junge Soldat sagte die Wahrheit; denn obwohl es so schien, als sei er in tiefes Nachsinnen versunken, gab es da doch keine Pläne und Gedanken, deren er sich bewusst gewesen wäre. Wohl war eine Art Widerschein der nächtlichen Szene im hellen Korridor der Hauptmannswohnung in ihm zurückgeblieben. Aber eigentlich dachte er weder an die ›Lady‹ noch überhaupt an irgendetwas. Dennoch musste er seine Arbeit gelegentlich unterbrechen, um in jenem Trancezustand zu verharren; denn tief drunten in seinem Innern begann langsam und dunkel etwas zu wachsen.

In den zwanzig Jahren seines Lebens hatte der Soldat nur vier Mal aus eigenem Antrieb ohne jeglichen Druck von außen gehandelt, und jedes Mal war seinen Handlungen eine seltsame Trance vorausgegangen. Die erste Handlung war der plötzliche und unerklärliche Kauf einer Kuh. Er war damals siebzehn Jahre alt und hatte durch Pflügen und Baumwollernten hundert Dollar zusammengespart. Mit diesem Geld kaufte er die Kuh und nannte sie ›Ruby Jewel‹. Auf der Farm seines Vaters war eigentlich kein Platz für eine Kuh. Sie durften keine Milch verkaufen, weil ihr notdürftig zusammengeflickter Stall den staatlichen Auflagen nicht genügte; und die Kuh gab viel mehr Milch, als der kleine Haushalt verbrauchen konnte. Im Winter stand der Junge vor dem Morgengrauen auf und ging mit einer Laterne in den Stall zu seiner Kuh. Beim Melken presste er seine Stirn an ihre warme Flanke und sprach leise und zärtlich mit ihr. Mit den Händen schöpfte er die schaumige Milch aus dem Eimer und trank bedächtig in langen Zügen.

Die zweite Handlung war ein jähes und heftiges Bekenntnis zu Gott gewesen. Er hatte stets ruhig auf einer der hinteren Bänke der Kirche gesessen, in der sein Vater sonntags predigte. Eines Abends jedoch, während einer Erweckungsversammlung, sprang er plötzlich auf und lief vor zum Altar, wo er in seltsam gurgelnden Tönen Gott anrief und dann in Krämpfen zu Boden fiel. Danach war er eine Woche lang müde und zerschlagen gewesen, und nie wieder war er in eine ähnliche Verzückung geraten.

Die dritte Handlung war ein Verbrechen, das er beging und dann, mit Erfolg, verheimlichte; und die vierte Handlung war sein Eintritt ins Heer.

Alle vier Male hatte er plötzlich und ohne jeden Vorsatz gehandelt. Auf eine seltsame Weise war er dennoch jedes Mal vorbereitet gewesen. So hatte er kurz vor dem Kauf der Kuh lange Zeit dagestanden und ins Weite gestarrt und dann den Anbau neben der Scheune, wo lauter Gerümpel lag, gesäubert. Als er die Kuh nach Hause brachte, konnte er sie gleich dort unterbringen. Und bevor er sich anwerben ließ, hatte er all seine Angelegenheiten geordnet. Aber dass er wirklich eine Kuh kaufen würde, wusste er nicht eher, als bis er sein Geld abgezählt hatte und nach dem Halfter griff. Und erst als er die Schwelle zum Werbebüro überschritt, verfestigten sich seine nebligen Vorstellungen zu einem klaren Gedanken, und er begriff, dass er Soldat werden würde.

Fast zwei Wochen lang strich Private Williams also heimlich um das Haus des Hauptmanns. Nach und nach lernte er die Gewohnheiten des Haushalts kennen. Das Dienstmädchen ging meist um zehn Uhr zu Bett. Wenn Mrs. Penderton abends zu Hause blieb, ging sie gegen elf Uhr nach oben, und das Licht in ihrem Zimmer erlosch. Der Hauptmann arbeitete für gewöhnlich von halb elf bis zwei Uhr morgens.

In der zwölften Nacht ging der Soldat noch langsamer als sonst durch den Wald. Schon von weitem sah er Licht im Haus brennen. Am Himmel stand ein strahlend weißer Mond, und die Nacht war kalt und silbrig. Als der Soldat den Wald verließ, um den Rasen zu überqueren, war er weithin sichtbar. In seiner rechten Hand war ein Taschenmesser, und statt seiner groben Stiefel trug er Tennisschuhe. Aus dem Wohnzimmer drangen Stimmen. Der Soldat ging ans Fenster.

»Fang schon an, Morris«, sagte Leonora Penderton, »zeig mal, was du kannst!«

Major Langdon und die Frau des Hauptmanns spielten Blackjack. Der Einsatz war lohnend und ihr Abrechnungssystem denkbar einfach. Gewann der Major alle Spielmarken auf dem Tisch, so durfte er Firebird eine Woche lang reiten; gewann Leonora, so bekam sie eine Flasche von ihrem Lieblingsschnaps. Während der letzten Stunde hatte der Major die meisten Marken eingeheimst. Das Kaminfeuer beschien sein freundliches Gesicht, und er trommelte mit seinem Schuh eine Art Zapfenstreich auf den Boden. An den Schläfen begann sein schwarzes Haar weiß zu werden; sein kurzer Schnurrbart war bereits grau. Er trug Uniform. Seine schweren Schultern hingen vornüber, und er strahlte behagliche Zufriedenheit aus. Nur wenn er zu seiner Frau hinübersah, war sein heller Blick plötzlich unruhig und verzagt. Leonora, ihm gegenüber, sah ernst und beflissen drein, während sie unter dem Tisch vierzehn und sieben mit den Fingern zu addieren versuchte. Schließlich deckte sie ihre Karten auf.

»Bin ich geliefert?«

»Nein, meine Liebe«, sagte der Major. »Genau einundzwanzig. Blackjack!«

Hauptmann Penderton und Mrs. Langdon saßen am Kamin. Keiner von ihnen fühlte sich wohl. Sie waren sehr nervös und hatten den ganzen Abend mit verbissenem Eifer über ihre Gärten gesprochen. Es gab gute Gründe für ihre Nervosität. Der Major war schon seit einiger Zeit nicht mehr so heiter und sorglos wie früher; und sogar Leonora bemerkte seine ständige Niedergeschlagenheit. Es war nämlich vor ein paar Monaten etwas unerklärlich Schreckliches passiert. Sie hatten eines Abends, genau wie heute, lange zusammengesessen, als Mrs. Langdon, die ziemlich hohes Fieber hatte, plötzlich aus dem Zimmer und in ihr Haus hinüberlief. Der Major folgte ihr nicht sofort, da er sich einen behaglichen Whiskyrausch angetrunken hatte. Bald darauf war Anacleto, der philippinische Hausangestellte der Langdons, jammernd und mit weit aufgerissenen Augen hereingestürzt, und sie waren ihm wortlos gefolgt. Sie fanden Mrs. Langdon bewusstlos im Bett liegen. Sie hatte sich mit der Gartenschere die Brustwarzen abgeschnitten.

»Will jemand noch etwas trinken?«, fragte der Hauptmann.

Alle waren durstig; und der Hauptmann ging in die Küche, um eine neue Flasche Soda zu holen. Er war zutiefst beunruhigt, weil er genau wusste, dass es so nicht weitergehen konnte; und obwohl das Verhältnis zwischen seiner Frau und Major Langdon ihn quälte, konnte er sich doch eine Veränderung ihrer Situation nicht vorstellen. Seine Qualen waren in der Tat recht ungewöhnlich, denn er war ebenso eifersüchtig auf seine Frau wie auf ihren Liebhaber. Während des letzten Jahres hatte sich in ihm eine Zuneigung für den Major entwickelt, die der Liebe näher kam als alles, was er bisher empfunden hatte. Es war sein sehnlichster Wunsch, sich die Achtung dieses Mannes zu erwerben. Seine Hörner trug er mit einer zynischen Gelassenheit, die ihm in der Garnison einigen Respekt eintrug. Als er jetzt dem Major einschenkte, zitterte seine Hand.

»Du arbeitest viel zu viel, Weldon«, sagte Major Langdon. »Und glaub mir eins: Es lohnt sich nicht. Achte lieber auf deine Gesundheit, denn was willst du ohne sie anfangen? Noch ein Spiel, Leonora?«

Als Hauptmann Penderton Mrs. Langdons Glas füllte, wich er ihrem Blick aus. Sie war ihm so zuwider, dass ihr bloßer Anblick ihm schon zu viel war. Still und steif saß sie vorm Kaminfeuer und strickte. Ihr Gesicht war totenblass, ihre Lippen geschwollen und rissig. Sie hatte sanfte schwarze Augen, die fiebrig glänzten. Sie war neunundzwanzig Jahre alt, zwei Jahre jünger als Leonora. Man sagte, sie habe früher eine herrliche Stimme gehabt, aber niemand in der Garnison hatte sie je singen hören. Als der Hauptmann ihre Hände sah, wurde ihm fast schlecht. Sie waren schrecklich dürr, mit langen zerbrechlichen Fingern und grünlichen Adern, die sich zwischen den Knöcheln und dem Handgelenk verzweigten. Die kränkliche Blässe der Hände wurde noch betont durch den knallroten Pullover, an dem sie strickte. Schon häufig hatte der Hauptmann versucht, sie auf gemeine und subtile Weise zu verletzen. Er konnte sie vor allem deswegen nicht leiden, weil sie ihn vollkommen ignorierte. Außerdem nahm er ihr übel, dass sie ihm einen Gefallen getan hatte: Sie kannte und wahrte ein Geheimnis, das ihm, wenn es publik geworden wäre, die größten Unannehmlichkeiten hätte bereiten können.

»Ein neuer Pullover für Ihren Gatten?«

»Nein«, sagte sie ruhig. »Ich weiß noch nicht, was ich damit machen will.«

Alison Langdon verspürte das dringende Bedürfnis zu weinen. Sie hatte gerade an Catherine, ihr Baby, gedacht, das vor drei Jahren gestorben war. Sie wusste, dass sie eigentlich jetzt nach Hause gehen und sich von Anacleto, dem Boy, zu Bett bringen lassen sollte. Sie hatte Schmerzen und war nervös. Allein der Umstand, dass sie nicht wusste, für wen sie den Pullover strickte, stimmte sie missmutig. Sie hatte mit dem Stricken erst begonnen, als sie Klarheit über ihren Mann gewonnen hatte. Anfangs hatte sie noch einige Pullover für ihn gemacht. Dann hatte sie ein Kleid für Leonora gestrickt. In den ersten Monaten mochte sie es kaum glauben, dass er so treulos gegen sie sein könne. Als sie ihren Mann schließlich voller Verachtung aufgab, suchte sie verzweifelt Leonoras Nähe, und es begann eine jener merkwürdigen Freundschaften zwischen der betrogenen Frau und der Geliebten ihres Mannes. Sie wusste, dass diese krankhafte Zuneigung, eine Folge ihrer Erschütterung und Eifersucht, ihrer unwürdig war. Und so war dieses Gefühl bald wieder von allein verschwunden. Sie fühlte, wie ihr die Tränen kamen. Sie trank einen Schluck Whisky, um sich zu stärken, obwohl sie wegen ihres Herzens keinen Alkohol trinken durfte und der Geschmack von Whisky ihr zuwider war. Viel lieber trank sie einen kleinen süßen Likör oder ein Gläschen Sherry oder sogar eine Tasse Kaffee, wenn sich die Gelegenheit dazu ergab. Jetzt aber trank sie Whisky, weil er da war und weil die anderen auch Whisky tranken und weil ihr nichts andres übrigblieb.

»Weldon«, rief der Major plötzlich, »deine Frau mogelt! Sie hat heimlich eine Karte aufgedeckt.«

»Das stimmt nicht. Du hast mich erwischt, bevor ich schauen konnte.«

»Ich muss mich über dich wundern, Morris«, sagte Hauptmann Penderton. »Weißt du denn nicht, dass man keiner Frau beim Kartenspiel trauen darf?«

Mrs. Langdon verfolgte das harmlose Geplänkel mit einer ablehnenden Miene, wie man sie häufig bei Menschen beobachtet, die lange krank und daher abhängig von der Aufmerksamkeit anderer sind. Seit jenem Abend, an dem sie nach Hause gelaufen war und sich selbst verwundet hatte, litt sie unter einer dauernden quälenden Scham. Sie war überzeugt, dass jeder, der sie ansah, an diesen Abend denken musste. In Wirklichkeit war die Sache jedoch geheim geblieben, und außer den Anwesenden wussten nur der Arzt und die Krankenschwester, was geschehen war – und der junge Filipino, der seit seinem siebzehnten Jahr für Mrs. Langdon arbeitete und sie vergötterte. Sie hörte auf zu stricken und drückte ihre Fingerspitzen gegen die Schläfen. Sie wusste, dass sie aufstehen, das Zimmer verlassen und endgültig mit ihrem Mann brechen sollte, aber eine schreckliche Hilflosigkeit hatte sich ihrer in letzter Zeit bemächtigt. Wo sollte sie auch in Gottes Namen bleiben? Wenn sie an die Zukunft dachte, suchten sie unheimliche und quälende Zwangsvorstellungen heim. Es war schon so weit gekommen, dass sie sich genauso vor sich selbst fürchtete wie vor den anderen. Ständig hatte sie das Gefühl, dass ihr eine furchtbare Katastrophe bevorstand.

»Was ist mit dir, Alison?«, fragte Leonora. »Bist du hungrig? Es ist noch etwas Huhn im Eisschrank.« Seit ein paar Monaten sprach Leonora in einem seltsamen Tonfall mit Mrs. Langdon. Sie verzog ihren Mund beim Reden und brachte die Worte so sorgsam und überdeutlich hervor, als habe sie es mit einer armseligen Idiotin zu tun. »Es ist auch noch dunkles Fleisch da … beides *sehr* gut. Hmm?«

»Nein, danke.«

»Bist du sicher, Liebes?«, fragte der Major. »Brauchst du wirklich nichts?«

»Ich habe alles. Aber, bitte, könntest du aufhören mit den Füßen auf den Boden zu klopfen? Es stört mich.«

»Entschuldige bitte.«

Der Major zog seine Füße unterm Tisch weg und hakte sie hinter die Stuhlbeine. Vordergründig glaubte der Major ganz naiv daran, dass seine Frau von seinem Verhältnis nichts wisse. Aber langsam war dieser beruhigende Gedanke unhaltbar geworden. Seine Anstrengungen, die Wahrheit zu ignorieren, hatten ihm Hämorrhoiden beschert und beinah seine Verdauung ruiniert. Er versuchte – nicht ohne Erfolg –, die offensichtliche Niedergeschlagenheit seiner Frau als eine krankhafte, typisch weibliche Schwäche zu betrachten, auf die er keinerlei Einfluss habe. Er erinnerte sich an einen Zwischenfall kurz nach ihrer Hochzeit. Er hatte Alison, die zwar schon auf Zielscheiben geschossen, aber noch nie gejagt hatte, auf eine Wachteljagd mitgenommen. Sie hatten einen Schwarm aufgescheucht, und er sah noch genau vor sich, wie die fliegenden Wachteln sich gegen die untergehende Sonne abgezeichnet hatten. Da er Alison nicht aus den Augen ließ, hatte er nur eine Wachtel geschossen und sie galanterweise ihr überlassen. Als sie aber den Vogel aus dem Maul des Hundes nahm, war ihr Gesichtsausdruck plötzlich ganz verändert. Der Vogel lebte noch. Er nahm ihn, drückte ihm rasch den Schädel ein und gab ihn ihr zurück. Sie hielt den kleinen, noch warmen und zerrupften Körper in der Hand und blickte in die toten schwarzen, glasigen Augen. Dann brach sie in Tränen aus. Das war es, was der Major mit ›krankhafter weiblicher Schwäche‹ meinte; und als Mann tat er gut dran, die Finger davon zu lassen. Wenn der Major sich Sorgen um seine Frau machte, dachte er meist instinktiv und wohl aus Selbstschutz an einen gewissen Leutnant Weincheck, der im Bataillon des Majors eine Kompanie führte und ein enger Freund von Alison war. Jetzt, da ihr Ausdruck ihm ein schlechtes Gewissen machte, fragte er, um sich selber zu beruhigen: »Sagtest du nicht, dass du nachmittags bei Weincheck warst?«

»Ja, ich war dort«, sagte sie.

»Sehr gut. Und wie geht es ihm?«

»Recht gut.« In diesem Moment fasste sie den Entschluss, den Pullover Leutnant Weincheck zu geben, der ihn gut gebrauchen konnte. Hoffentlich war er ihm an den Schultern nicht zu weit.

»Dieser Weincheck«, sagte Leonora. »Ich begreife nicht, Alison, was du an dem Mann findest. Ich weiß natürlich, dass ihr oft zusammenhockt und über hochgeistige Dinge redet. Er sagt ›Madam‹ zu mir, dabei kann er mich nicht riechen. ›Ja, Madam‹, und ›Nein, Madam‹. So was aber auch!«

Mrs. Langdon lächelte schief, äußerte sich aber nicht weiter dazu.

Hier dürften ein paar Worte über diesen Leutnant Weincheck angebracht sein, um den sich in der Garnison niemand kümmerte außer Mrs. Langdon.

Er war als Offizier eine recht armselige Erscheinung, da er es mit seinen beinah fünfzig Jahren noch immer nicht zum Hauptmann gebracht hatte. Seine Augen machten ihm so sehr zu schaffen, dass er in absehbarer Zeit seinen Abschied nehmen würde. Er lebte in einem der Apartmenthäuser für ledige Leutnants, von denen die meisten gerade aus der Militärakademie in West Point gekommen waren. In seinen zwei kleinen Zimmern hatte sich der Trödel eines ganzen Lebens angehäuft, darunter ein Konzertflügel, ein Regal voller Schallplatten, Hunderte von Büchern, eine große Angorakatze und etwa ein Dutzend Topfpflanzen. An den Wänden seines Wohnzimmers hoch zog er irgendein grünes Rankengewächs; und man konnte leicht über leere Bierflaschen oder Kaffeetassen stolpern, die auf dem Boden herumstanden. Schließlich spielte dieser alte Leutnant auch noch Geige; und wenn aus seiner Wohnung die verlorenen Töne einer Trio- oder Quartettstimme drangen, so kratzten die jungen Offiziere, die durch den Korridor kamen, sich am Kopf und zwinkerten einander zu.

Mrs. Langdon kam oft am späten Nachmittag zu Besuch. Dann spielten sie und Leutnant Weincheck Mozartsonaten oder tranken Kaffee und aßen gezuckerten Ingwer vor dem Kamin. Zu allem Unglück war der Leutnant auch noch bettelarm, weil er für seine beiden Neffen das Schulgeld zahlte. Er musste an allen Ecken und Enden sparen, und seine einzige Galauniform war so abgenutzt, dass er nur auf den allerwichtigsten Gesellschaften erschien. Als Mrs. Langdon erfuhr, dass er seine Wäsche selber stopfte, nahm sie ihr Nähzeug mit und flickte die Hemden und die Unterwäsche des Leutnants ebenso regelmäßig wie die ihres Gatten. Manchmal fuhren die beiden im Auto des Majors zu einem Konzert in die nächste Stadt, die etwa zweihundert Kilometer entfernt war. Bei diesen Gelegenheiten nahmen sie Anacleto mit.

»Ich setze jetzt alles auf dieses Blatt, und wenn ich gewinne, bekomme ich alle Chips«, sagte Mrs. Penderton. »Wir müssen endlich mit dem Spiel zu Ende kommen.«

Während Mrs. Penderton austeilte, nahm sie heimlich ein Ass und einen König aus ihrem Schoß und gewann natürlich. Blackjack. Alle hatten es gesehen, und der Major schüttelte sich vor Lachen. Unübersehbar war ebenfalls, dass der Major, ehe er seinen Stuhl zurückschob, Leonora auf den Schenkel klopfte. Im selben Moment stand Mrs. Langdon auf und stopfte ihr Strickzeug in die Tasche.

»Ich muss gehen«, sagte sie. »Aber du bleibst, Morris. Brecht den Abend nicht meinetwegen ab. Gute Nacht zusammen.« Mrs. Langdon ging ziemlich steif und langsam davon. Als sie fort war, sagte Leonora: »Ich möchte wissen, was ihr jetzt schon wieder fehlt.«

»Das weiß niemand«, sagte der Major ganz bekümmert. »Aber ich werde wohl auch gehen müssen. Los, noch ein letztes Spiel.«

Major Langdon verließ das behagliche Zimmer sehr ungern, und als er sich von den Pendertons verabschiedet hatte, blieb er draußen noch eine Zeitlang vor ihrem Haus stehen. Er blickte hoch zu den Sternen und dachte bei sich, dass das Leben doch zuweilen eine üble Angelegenheit sei. Plötzlich erinnerte er sich daran, wie das Baby gestorben war. Was für Aufregungen die ganze Zeit! In ihren Wehen hatte Alison sich an Anacleto geklammert (denn er, der Major, hielt das nicht aus). Dreiunddreißig Stunden lang hatte sie ununterbrochen gewimmert. Und als der Arzt sagte: »Sie müssen sich mehr anstrengen«, da strengte sich auch der kleine Filipino mehr an und wimmerte auf den Knien mit Alison im Chor, während ihm der Schweiß übers Gesicht lief. Als dann alles vorbei war, entdeckte man, dass der Zeige- und Mittelfinger des Babys zusammengewachsen waren; und der Major konnte nur daran denken, dass es ihn am ganzen Körper schütteln würde, wenn er das Baby anfassen müsse.

Elf Monate gingen dahin. Sie lebten damals im

Mittleren Westen; und wenn er aus dem Schnee ins Haus trat, fand er bestenfalls eine Schüssel mit Thunfischsalat im Eisschrank und Ärzte und Krankenschwestern in allen Zimmern. Anacleto war oben bei Alison und hielt eine Windel ans Licht, um die Verdauung zu prüfen, oder er hatte das Kind auf dem Arm, während Alison mit zusammengebissenen Zähnen unermüdlich im Zimmer auf und ab ging. Als dann das Ende kam, empfand er nichts als Erleichterung. Ganz anders Alison. Wie bitter und kalt sie geworden war! Und wie verdammt, verdammt gespreizt! Das Leben war manchmal wirklich zu traurig.

Der Major öffnete die Haustür und sah Anacleto die Treppe herunterkommen. Der kleine Filipino hatte eine graziöse und zugleich würdige Art zu gehen. Er trug Sandalen, graue Flanellhosen und eine dunkelblaue Leinenbluse. Sein kleines flaches Gesicht war milchig weiß, und seine schwarzen Augen glühten. Er schien den Major nicht zu bemerken, aber als er am Fuß der Treppe angelangt war, hob er langsam sein rechtes Bein, den Fuß gestreckt wie ein Balletttänzer, und machte einen kleinen Luftsprung.

»Idiot!«, sagte der Major. »Wie geht es ihr?«

Anacleto hob die Brauen und schloss langsam seine weißen zarten Lider.

»*Très fatiguée.*«

»Quatsch!«, sagte der Major ärgerlich, denn er verstand kein Wort Französisch. »Vouley vou vouni mouni mou! Ich will wissen, wie es ihr geht.«

»*C'est les…*« Anacleto hatte selber erst vor kurzem begonnen, Französisch zu lernen, und kannte das Wort für Stirnhöhlenkatarrh nicht. Immerhin beschloss er seine Antwort höchst eindrucksvoll: »*Maître Corbeau sur un arbre perché*, Herr Major.« Er legte eine Pause ein, schnippte mit den Fingern und fügte nachdenklich hinzu, als spräche er laut mit sich selbst: »Etwas heiße Bouillon, sehr appetitlich serviert.«

»Du kannst einen ›Old Fashioned‹ für mich mixen«, sagte der Major.

»Ich werde es ›plötzlich‹ tun«, sagte Anacleto, der genau wusste, dass man ›plötzlich‹ nicht für ›sogleich‹ gebrauchen konnte. Gewöhnlich drückte er sich sehr gewählt aus, ganz wie Mrs. Langdon. Er machte diesen Fehler absichtlich, um den Major noch weiter zu verwirren. »Ich werde mich darum kümmern, sobald ich das Tablett hergerichtet und für Madame Alisons Bequemlichkeit gesorgt habe.«

Nach der Uhr des Majors dauerten diese Vorbereitungen genau achtunddreißig Minuten. Der kleine Filipino schwirrte unermüdlich in der Küche herum und brachte eine Schale mit Blumen aus dem Esszimmer in den Salon. Der Major, die behaarten Fäuste in die Hüften gestemmt, beobachtete Anacleto dabei, wie er die ganze Zeit leise und lebhaft mit sich selber redete. Der Major schnappte ein paar Worte über Rudolf Serkin und über eine Katze auf, die auf der Theke des Süßwarengeschäfts herumstolziert war und sich ihr ganzes Fell mit Erdnusskrokant verklebt hatte. Währenddessen mixte der Major sich seinen ›Old Fashioned‹ selber und briet sich zwei Spiegeleier. Als das ›Achtunddreißigminutentablett‹ endlich fertig war, stand Anacleto mit gekreuzten Füßen da, die Hände hinterm Kopf verschränkt, und schaukelte langsam hin und her.

»Du bist, weiß Gott, ein komischer Vogel«, sagte der Major. »Wenn ich dich nur in mein Bataillon kriegen könnte! Da würdest du vielleicht Augen machen.«

Der kleine Filipino zuckte mit den Schultern. Jeder wusste, dass nach seiner Ansicht der liebe Gott bei allen Geschöpfen gepatzt hatte, ihn selbst und Madame Alison ausgenommen und vielleicht noch ein paar Figuren, die im Rampenlicht standen: große Künstler, Jongleure, Zwerge und ähnliche Fabelwesen. Er betrachtete sein Tablett mit Genugtuung. Auf dem gelben Leinen standen ein brauner Krug mit heißem Wasser und eine Suppentasse mit zwei Bouillonwürfeln, rechts davon eine kleine blaue chinesische Reisschüssel mit einem Bukett gefiederter Sternblumen. Bedächtig pflückte Anacleto drei blaue Blütenblätter ab und streute sie auf das gelbe Leinen. Er war in Wirklichkeit nicht so unbeschwert, wie er sich an diesem Abend gab. Manchmal lag Angst in seinen Augen, und mehrmals bedachte er den Major mit einem kurzen vorwurfsvollen Blick.

»Ich werde das Tablett hinauftragen«, sagte der Major. Er wusste, dass seine Frau sich über das hübsche Arrangement freuen würde, und wollte die Anerkennung dafür einheimsen.

Alison saß aufrecht in ihrem Bett, ein Buch in der Hand. Mit der Lesebrille sah ihr Gesicht aus, als ob es nur aus Nase und Augen bestünde, und um ihre Mundwinkel lagen kränkliche blaue Schatten. Sie trug ein weißes Nachthemd aus Leinen und eine Bettjacke aus warmem rosa Samt. Es war sehr still im Zimmer, und im Kamin brannte ein Feuer. Es gab nur wenige Möbel, und der Raum mit seinem mattgrauen Teppich und den kirschfarbenen Gardinen wirkte nackt und schlicht. Während Alison die Bouillon trank, saß der Major gelangweilt auf einem Stuhl neben dem Bett und überlegte, was er sagen könnte. Anacleto lief in scheinbarer Geschäftigkeit herum und pfiff eine halb heitere, halb traurige Melodie vor sich hin.

»Hören Sie, Madame Alison«, sagte er plötzlich. »Fühlen Sie sich wohl genug, um eine gewisse Angelegenheit mit mir zu besprechen?« Sie setzte die Tasse hin und nahm ihre Brille ab. »Was gibt's denn?«

»Das hier.« Anacleto schob einen Schemel neben das Bett und zog eifrig ein paar kleine Stofffetzen aus seiner Tasche. »Diese Stoffproben habe ich uns zur Ansicht schicken lassen. Erinnern Sie sich noch daran, als wir vor zwei Jahren an den Fenstern von ›Peck & Peck‹ in New York vorbeikamen und ich Sie auf ein kleines Kostüm aufmerksam machte?« Er wählte eines der Muster aus und reichte es ihr. »Dieser Stoff ist ganz genau so gewebt...«

»Aber ich brauche kein Kostüm, Anacleto«, sagte sie.

»O doch, Sie brauchen eines! Seit einem Jahr haben Sie sich kein einziges Kleidungsstück mehr gekauft. Und das grüne Kleid ist *bien usé* an den Ellbogen und reif für die Heilsarmee.«

Als Anacleto die französische Phrase aussprach, warf er dem Major einen höhnischen Blick zu. Der Major empfand jedes Mal ein leises Grauen, wenn er die beiden in dem stillen Zimmer zusammen reden hörte. Ihre Stimmen waren einander so ähnlich, als ob die eine das sanfte Echo der anderen wäre. Der einzige Unterschied war der, dass Anacleto lebhaft plapperte, während Alison eher gemessen sprach.

»Wie viel kostet es?«, fragte sie.

»Es ist teuer. Aber eine solche Qualität kann man nirgends billiger bekommen. Und vergessen Sie nicht, dass er jahrelang halten wird.«

Alison nahm ihr Buch wieder auf. »Wir werden sehen.«

»Nun kauf schon das Kleid, in Gottes Namen!«, sagte der Major. Alisons Knickrigkeit ärgerte ihn.

»Und weil wir gerade davon reden«, sagte Anacleto, »wir könnten vielleicht ein oder zwei Meter mehr bestellen, so dass auch eine Jacke für mich dabei abfällt.«

»Einverstanden, falls ich mich für den Kauf entscheide.«

Anacleto goss Alisons Medizin in ein Glas und schnitt statt ihrer eine Grimasse, als sie trank. Dann schob er ein elektrisches Heizkissen hinter ihren Rücken und bürstete ihr Haar. Als er dann das Zimmer verlassen wollte, kam er nicht ohne weiteres an dem Schrankspiegel vorbei, sondern blieb stehen, betrachtete sich, hob einen Fuß, die Spitze nach unten gestreckt, in die Höhe und warf den Kopf in den Nacken.

Dann wandte er sich nach Alison um und begann wieder zu pfeifen. »Was ist das? Sie haben es letzten Donnerstag zusammen mit Leutnant Weincheck gespielt.«

»Der erste Takt aus der Violinsonate von César Franck.«

»Passen Sie auf!«, sagte Anacleto aufgeregt. »Soeben ist mir zu diesen Tönen ein ganzes Ballett eingefallen: schwarze Samtvorhänge, winterliches Zwielicht. Sehr langsam. Das ganze Ensemble. Dann ein Scheinwerfer auf den Solisten, sehr grell, wie eine Flamme, und dazu der Walzer, den Sergej Rachmaninow neulich spielte. Im Finale erneut César Franck; aber diesmal« – er sah Alison mit seinen merkwürdig strahlenden Augen an – »wie im Rausch!«

Und schon begann er zu tanzen. Vor einem Jahr hatten sie ihn ins Russische Ballett mitgenommen, und er hatte den Eindruck nie vergessen. Keine Bewegung, keine einzige Geste war ihm entgangen. Langsam bewegte er sich in einer schmachtend verhaltenen Pantomime auf dem grauen Teppich, bis er schließlich mit gekreuzten Sandalen und zusammengedrückten Fingerspitzen in einer meditativen Pose verharrte. Dann wirbelte er plötzlich federleicht umher und gab ein stürmisches kleines Solo zum Besten. Sein leuchtendes Gesicht verriet deutlich, dass er sich im Geist auf einer riesigen Bühne befand, er, der strahlende Fixstern in einem prächtigen Spektakel. Auch Alison amüsierte sich köstlich, während der Major angewidert und ungläubig von einem zum anderen schaute. Der zweite Teil des Tanzes war eine trunkene Parodie des ersten Teils. Anacleto beendete die Vorführung mit einer komisch gestelzten Pose, den Ellbogen in der einen Hand und die andere, zur Faust geschlossen, unterm Kinn, das Gesicht zu einer Grimasse verzogen, die Erstaunen ausdrücken sollte.

Alison brach in Lachen aus. »Bravo, bravo, Anacleto!«

Sie lachten beide, und der kleine Filipino lehnte sich glücklich und etwas benommen an den Türrahmen. Als er wieder zu Atem kam, rief er ganz erstaunt: »Haben Sie schon mal bemerkt, wie gut ›Bravo‹ und ›Anacleto‹ zusammenpassen?«

Alison hörte auf zu lachen und nickte nachdenklich.

»Allerdings, Anacleto. Ich habe es schon oft bemerkt.«

Der kleine Filipino zögerte in der Tür. Er blickte sich im Zimmer um und überzeugte sich, dass es an nichts fehlte. Dann sah er sie an, mit einem klugen und tieftraurigen Ausdruck in den Augen. »Rufen Sie mich, wenn Sie etwas brauchen«, sagte er knapp. Sie hörten, wie er die Treppe hinunterging: erst langsam, dann schneller und schneller. Er musste wohl auf der letzten Stufe eine gar zu ehrgeizige Pirouette versucht haben, denn plötzlich hörten sie einen dumpfen Knall. Als der Major oben an die Treppe trat, richtete Anacleto sich gerade mit tapferer Würde wieder auf.

»Hat er sich verletzt?«, fragte Alison zärtlich besorgt.

Anacleto sah den Major ärgerlich an, mit Tränen in den Augen. »Mir ist nichts passiert, Madame Alison«, rief er.

Der Major beugte sich übers Geländer und sagte langsam und tonlos, aber so, dass Anacleto von seinen Lippen lesen konnte: »Ich – wollte – du – hättest – dir – den – Hals – gebrochen.«

Anacleto lächelte, zuckte mit den Schultern und hinkte ins Esszimmer. Als der Major zu seiner Frau zurückkehrte, fand er sie lesend. Sie blickte nicht zu ihm auf, woraufhin er in sein Zimmer ging und die Tür hinter sich zuschlug. Das Zimmer war klein und ziemlich unordentlich, und sein einziger Schmuck bestand in den Pokalen, die er auf verschiedenen Reitturnieren gewonnen hatte. Auf dem Nachttisch des Majors lag ein aufgeschlagenes Buch – ein sehr anspruchsvolles literarisches Werk. Darin lag ein Streichholz als Lesezeichen.

Der Major blätterte etwa vierzig Seiten weiter – ein glaubhaftes Abendpensum, legte das Streichholz dort hinein und zog unter einem Stapel Hemden in seiner Kommode ein Groschenheft mit dem Titel ›Der wissenschaftliche Krieg‹ hervor. Er machte es sich im Bett bequem und vertiefte sich in die Schilderung eines wüsten interplanetarischen Superkrieges.

Auf der anderen Seite des Flurs hatte seine Frau ihr Buch hingelegt und sann halb aufgerichtet vor sich hin. Ihr Gesicht war starr vor Schmerzen, und ihre dunklen, glitzernden Augen wanderten rastlos an den Wänden des Zimmers entlang. Sie versuchte, Pläne zu schmieden. Sie würde sich von Morris scheiden lassen, das stand fest. Aber wie sollte sie das anstellen? Und vor allem: Wovon würden sie und Anacleto später leben? Sie hatte für kinderlose Frauen, die sich aushalten ließen, immer nur Verachtung empfunden. Sie wollte unter keinen Umständen von seinem Geld leben, wenn sie ihn einmal verlassen haben würde. So viel Stolz hatte sie noch. Aber was sollte aus ihr und Anacleto werden? Ehe sie heiratete, hatte sie in einer Mädchenschule Lateinstunden gegeben, was bei ihrem gegenwärtigen Gesundheitszustand nicht mehr in Betracht kam. Irgendwo einen Buchladen aufmachen? Anacleto müsste sie vertreten können, wenn sie einmal krank war. Ob sie vielleicht mit einem Krabbenfischerboot zu Rande kommen würden? Sie hatte sich einmal an der Küste mit ein paar Fischern unterhalten. Es war ein blau-goldner Ferientag gewesen, und sie hatten ihr allerhand erzählt. Anacleto und sie würden den ganzen Tag lang auf dem Wasser sein und ihre Netze auswerfen, und um sie her würde nichts sein – nur die frische Salzluft, das Meer und die Sonne ... Alison drehte ihren Kopf ruhelos in den Kissen hin und her. Nichts als Flausen!

Es war für sie ein schwerer Schock gewesen, als sie vor acht Monaten erfahren hatte, dass ihr Mann sie betrog. Sie hatte mit Leutnant Weincheck und Anacleto einen Ausflug in die Stadt gemacht. Zwei Tage wollten sie dort bleiben, um ins Konzert und ins Theater zu gehen. Am zweiten Tag aber bekam sie Fieber, und sie beschlossen, nach Hause zu fahren. Spätnachmittags hatte Anacleto sie vor der Haustür abgesetzt und dann den Wagen in die Garage gefahren. Sie war auf dem Bürgersteig stehengeblieben, um sich ein paar Tulpenzwiebeln anzusehen. Es war schon fast dunkel, und im Zimmer ihres Mannes brannte Licht. Die Haustür war verschlossen; drinnen auf der Truhe im Flur sah sie Leonoras Mantel liegen und dachte bei sich, wie sonderbar es sei, die Haustür abzuschließen, wenn die Pendertons zu Gast waren. Dann fiel ihr ein, dass die Pendertons vielleicht in der Küche Cocktails mixten, während Morris ein Bad nahm. Sie ging um das Haus herum. Ehe sie aber eintreten konnte, stürzte Anacleto die Treppe herunter, das kleine Gesicht verzerrt vor Entsetzen. Er flüsterte ihr zu, sie müssten in die fünfzehn Kilometer entfernte Stadt fahren, weil sie etwas vergessen hätten. Und als sie, ziemlich verwirrt, die Treppe hinaufgehen wollte, hielt er sie zurück und sagte mit schwacher, ängstlicher Stimme: »Sie dürfen jetzt nicht da hineingehen, Madame Alison.«

Mit einem Schlag hatte sie begriffen. Sie waren wieder in den Wagen gestiegen und weggefahren. Dass diese Demütigung ihr im eigenen Haus widerfahren war – darüber konnte sie nicht hinwegkommen. Und als sie dann an der Wache langsamer fuhren, stand dort – ausgerechnet an diesem Tag – ein neuer Soldat, der sie nicht kannte und den Wagen anhielt. Er spähte in das kleine Coupé hinein, als könnte dort am Ende ein Maschinengewehr versteckt sein, und starrte dann Anacleto an, der in seiner lustigen orangefarbenen Jacke den Tränen nahe war. Er fragte nach ihrem Namen in einem Ton, der deutlich verriet, dass er eigentlich selbst nicht glaubte, sie könnten etwas auf dem Kerbholz haben.

Nie würde sie das Gesicht jenes Soldaten vergessen! Sie brachte es in jenem Augenblick nicht über sich, den Namen ihres Mannes auszusprechen. Der junge Soldat wartete und starrte und sagte kein Wort. Später hatte sie ebendiesen Soldaten bei den Stallungen wiedergesehen, als sie Morris mit dem Wagen abholen wollte. Er hatte den seltsam entrückten Ausdruck eines von Gauguin gemalten Eingeborenen. Sie sahen einander fast eine Minute lang an, bis schließlich ein Offizier kam.

Sie waren, ohne zu sprechen, drei Stunden in der Kälte weitergefahren. Dann, später, die Nächte, in denen sie krank und ruhelos dalag und Pläne schmiedete – Pläne, die sie mit der aufgehenden Sonne jedes Mal wieder als närrisch verwarf. Und schließlich jener Abend, als sie von den Pendertons weg nach Hause gelaufen war und diese schreckliche Sache getan hatte. Sie hatte die Gartenschere an der Wand hängen sehen. Außer sich vor Zorn und Verzweiflung hatte sie versucht, sich zu erstechen. Aber die Schere war zu stumpf gewesen. Und dann musste sie eine Zeitlang außer sich gewesen sein, denn sie wusste selbst nicht, wie es geschehen war. Alison schauderte und barg ihr Gesicht in den Händen. Sie hörte, wie ihr Mann aus dem Zimmer trat, seine Stiefel in den Gang stellte, und drehte rasch das Licht aus.

Der Major hatte sein Magazin beendet und wieder in der Schublade versteckt. Er nahm noch einen letzten Drink, streckte sich behaglich aus und starrte in die Dunkelheit. Woran erinnerte ihn seine erste Begegnung mit Leonora? Es war nach dem Tod des Babys gewesen, als Alison volle zwölf Monate entweder im Krankenhaus lag oder wie ein Geist im Haus umherschlich. Er traf Leonora bei den Stallungen, gleich in der ersten Woche nach seiner Ankunft in der Garnison; und sie bot an, ihm das Gelände zu zeigen. Sie hatten den Reitweg verlassen und waren eine lange Strecke galoppiert. Nachdem sie die Pferde angebunden hatten, um sie ausruhen zu lassen, entdeckte Leonora in der Nähe ein paar Brombeerbüsche und schlug vor, so viele Beeren zu sammeln, dass sie fürs Mittagessen einen *süßen* Auflauf machen könne. Und dann, als sie zusammen in den Büschen herumkrochen und seinen Hut mit Beeren füllten, da – in Gottes Namen – war es das erste Mal passiert. Um neun Uhr morgens, und nachdem sie sich erst zwei Stunden kannten! Auch jetzt noch konnte er es kaum glauben. Aber was hatte er damals eigentlich empfunden? Ach ja – es war wie bei einer Truppenübung gewesen, wenn man eine ganze Regennacht lang in einem lecken Zelt vor Kälte zittert und dann in aller Frühe aufsteht und die Sonne wieder scheint und man dann sieht, wie kräftige Soldaten über dem Lagerfeuer Kaffee brühen und wie die Flammen in den klaren weißen Himmel steigen. Ein herrliches Gefühl – die Welt hatte nichts Schöneres zu bieten!

Der Major kicherte schuldbewusst in sich hinein, zog sich die Decke über den Kopf und begann im selben Augenblick zu schnarchen.

Eine halbe Stunde nach Mitternacht befand sich Hauptmann Penderton allein in seinem Arbeitszimmer und ärgerte sich. Er arbeitete an einer Monographie und war an diesem Abend kaum weitergekommen. Er hatte eine Menge Wein und Tee getrunken und Dutzende von Zigaretten geraucht. Schließlich hatte er die Arbeit aufgegeben und ging nun ruhelos im Zimmer auf und ab. Im Leben eines Mannes gibt es Zeiten, in denen er jemanden braucht, den er lieben, auf den er seine nervösen Empfindungen richten kann. Und es gibt Zeiten, da sein Ärger, seine Enttäuschungen und Lebensängste in Hass münden müssen. Aber es gab niemanden, den der unglückliche Hauptmann hassen konnte, und so befand er sich seit einigen Monaten in der kläglichsten Verfassung.

Alison Langdon, dieser weibliche Hiob, mit ihrer großen Nase und dieser ekelhafte Filipino –

er verabscheute beide. Aber hassen konnte er Alison nicht, da sie ihm dazu keinen Anlass gab. Es ließ ihm keine Ruhe, dass er ihr verpflichtet war. Sie war nämlich der einzige Mensch in der Welt, der um eine gewisse peinliche Charakterschwäche wusste: Hauptmann Penderton war Kleptomane. Er musste ständig gegen die Versuchung ankämpfen, Dinge, die er bei anderen Leuten sah, mitzunehmen. Immerhin war er dieser Schwäche nur zweimal in seinem Leben erlegen. Als siebenjähriger Junge hatte er sich in den größten Raufbold seiner Schule, der auch ihn schon verprügelt hatte, so vernarrt, dass er ihm eine altmodische Silberdose für ausgefallene Haare schenkte, die er vom Toilettentisch seiner Tante entwendet hatte. Und siebenundzwanzig Jahre später, hier in der Garnison, war der Hauptmann rückfällig geworden.

Bei einem Diner zu Ehren einer jungen Braut hatte es ihm ein silberner Löffel so angetan, dass er ihn in die Tasche gesteckt und nach Hause mitgenommen hatte. Es handelte sich um einen besonders schönen Dessertlöffel, ein sehr altes und kostbar zieliertes Stück. Der Hauptmann war wie verhext davon gewesen (das übrige Tafelsilber war eher gewöhnlich) und hatte schließlich nicht widerstehen können. Als er seine Beute mit ein paar geschickten Griffen in seine Tasche manövriert hatte, stellte er fest, dass Alison, die neben ihm saß, den Diebstahl bemerkt hatte. Sie sah ihn groß an, mit einem Ausdruck höchster Verwunderung. Auch jetzt konnte er nicht ohne Schaudern daran denken. Alison hatte ihn eine entsetzlich lange Zeit angestarrt und hatte dann laut gelacht – ja, gelacht! Sie lachte so hemmungslos, dass sie sich verschluckte und jemand ihr auf den Rücken klopfen musste. Schließlich verließ sie unter Entschuldigungen die Tafel. Den Rest des Abends hatte sie dann jedes Mal spöttisch gelächelt, wenn ihre Blicke sich zufällig trafen. Seitdem beobachtete sie ihn scharf, wenn er bei ihr zu Gast war. Den Löffel verwahrte er in seinem Arbeitszimmer, sorgfältig in ein seidenes Taschentuch gewickelt und in einer Kiste versteckt.

Und trotzdem konnte er Alison nicht hassen. Und auch seine Frau hasste er nicht. Leonora reizte ihn bis zum Wahnsinn; aber selbst in den heftigsten Anfällen von Eifersucht vermochte er sie so wenig zu hassen, wie er eine Katze oder ein Pferd oder ein Tigerjunges hassen konnte. Der Hauptmann ging in seiner Stube auf und ab, und einmal gab er der geschlossenen Tür einen wütenden Tritt. Was, wenn Alison sich schließlich doch dazu entschließen würde, die Scheidung einzureichen? Es war ihm unmöglich, darüber nachzudenken. Allein die Vorstellung, verlassen zu werden, erschütterte ihn.

Der Hauptmann, der ein Geräusch vernommen zu haben glaubte, blieb jählings stehen. Das Haus war still. Es wurde bereits erwähnt, dass der Hauptmann ein Feigling war. War er allein, so überkam ihn manchmal ein grundloses Entsetzen. Und wie er jetzt in der stillen Stube stand, schien es ihm, als ob seine Unruhe und Niedergeschlagenheit nicht aus ihm selber kämen – dann hätte er sie bezwingen können –, sondern dass irgendetwas ihn von außen bedrohe. Ängstlich sah der Hauptmann sich nach allen Seiten um. Dann räumte er seinen Schreibtisch auf und öffnete die Tür.

Leonora war auf dem Kaminvorleger im Wohnzimmer eingeschlafen. Der Hauptmann sah auf sie hinab und lachte in sich hinein. Sie lag auf der Seite. Er gab ihr einen kleinen scharfen Tritt in den Hintern. Sie murmelte etwas von einem Truthahn, der gefüllt werden müsse, wachte aber nicht auf. Der Hauptmann beugte sich zu ihr hinunter, schüttelte sie, redete auf sie ein und brachte sie endlich auf die Beine. Aber wie ein Kind, das man nachts noch einmal auf den Armen zur Toilette trägt, besaß auch Leonora die Gabe, im Stehen weiterzuschlafen. Als der Hauptmann sie dann zur Treppe zog, waren ihre Augen geschlossen, und sie murmelte immer noch etwas vom Truthahn.

»Glaub ja nicht, dass ich dich jetzt auch noch

ausziehe«, sagte der Hauptmann. Aber Leonora blieb genau so auf dem Bett sitzen, wie er sie hingesetzt hatte. Er beobachtete sie mehrere Minuten lang, schmunzelte wieder und zog ihr dann die Kleider aus. Er zog ihr aber kein Nachthemd an, weil er in dem Durcheinander der Kommode keines finden konnte; außerdem liebte Leonora es, im ›Rohzustand‹ zu schlafen, wie sie es nannte. Als sie im Bett lag, ging der Hauptmann zu einem Bild an der Wand, das ihn jahrelang amüsiert hatte. Es war das Foto eines etwa siebzehnjährigen Mädchens, mit der rührenden Widmung: »Für Leonora, mit Bergen von Liebe, von Bootsie.« Dieses Meisterwerk schmückte nun seit über zehn Jahren Leonoras Schlafzimmer und war um die halbe Erde mit ihr gereist. Als er sie einmal nach Bootsie gefragt hatte, die eine Zeitlang mit ihr im Internat war, sagte sie nur, sie glaube, mal gehört zu haben, dass Bootsie vor ein paar Jahren ertrunken sei. Und als der Hauptmann in sie drang, stellte sich heraus, dass sie sogar ihren richtigen Namen vergessen hatte. Trotzdem hing das Foto aus bloßer Gewohnheit seit elf Jahren bei ihr an der Wand. Erneut betrachtete der Hauptmann seine schlafende Frau. Ihr war heiß, und sie hatte die Decke von ihrer nackten Brust gestreift. Sie lächelte im Schlaf. ›Vermutlich‹, dachte der Hauptmann, ›isst sie jetzt den Truthahn, den sie vorher im Traum zubereitet hat.‹

Der Hauptmann nahm regelmäßig Seconal, und zwar schon so lange, dass eine einzige Kapsel keine Wirkung mehr zeigte. Er hielt es für eine große und unnötige Belastung, nach einem harten Arbeitstag an der Infanterieschule nachts wach im Bett zu liegen und am nächsten Morgen wie zerschlagen wieder aufzustehen. Ohne ausreichend Seconal war sein Schlaf nur leicht und voll unruhiger Träume. Er beschloss, an diesem Abend drei Kapseln zu nehmen. Er wusste, dass er dann sofort in einen dumpfen, schweren Schlaf fiel, der sechs bis sieben Stunden anhielt. Der Hauptmann schluckte seine Kapseln und lag in freudiger Erwartung im Dunkeln. Die Tabletten versetzten ihn in einen einzigartigen, rauschhaften Zustand: Ein großer dunkler Vogel ließ sich auf seiner Brust nieder, sah ihn mit goldnen, flammenden Augen an und umfasste ihn dann sachte mit seinen schwarzen Schwingen.

Private Williams stand noch draußen vor dem Haus, als schon seit zwei Stunden kein Licht mehr brannte. Die Sterne waren etwas blasser geworden, und die Schwärze des Nachthimmels hatte sich in ein tiefdunkles Violett verwandelt. Nur der Orion und der Große Bär strahlten noch in unverminderter Pracht. Der Soldat ging um das Haus herum und versuchte ruhig, das Fliegengitter vor der Hintertür zu öffnen. Er wusste, dass es von innen versperrt war, aber er konnte die Klinge seines Messers in den Spalt schieben und den Riegel hochheben. Die Tür selber war nicht verschlossen.

Drinnen im Hause wartete der Soldat einen Augenblick. Alles war dunkel, kein Laut war zu hören. Er blickte mit aufgerissenen Augen suchend um sich, bis er sich an die Dunkelheit gewöhnt hatte. Das Haus war ihm vertraut. Der lange Vorderflur und die Treppe teilten es in zwei Hälften. Auf der einen Seite lag das große Wohnzimmer und, dahinter, das Dienstbotenzimmer, während sich auf der anderen Seite das Esszimmer, das Arbeitszimmer des Hauptmanns und die Küche befanden. Oben waren rechter Hand das Doppelschlafzimmer und ein weiteres kleines Zimmer und linker Hand zwei mittelgroße Schlafzimmer.

Der Hauptmann schlief in dem größeren Zimmer und seine Frau auf der anderen Seite des Flurs. Der Soldat ging vorsichtig die Treppe hinauf, die mit einem Läufer bedeckt war. Seine Bewegungen waren bedächtig und gelassen. Die Tür zum Schlafzimmer der ›Lady‹ stand offen. Er zögerte nicht. Geschmeidig wie eine Katze glitt er hinein.

Grün-schattiges Mondlicht erfüllte den Raum.
Die Frau des Hauptmanns schlief in der gleichen
Haltung, in der ihr Mann sie verlassen hatte. Ihr
weiches Haar lag aufgelöst auf dem Kopfkissen,
und ihre stillatmende Brust war nur halb bedeckt.
Eine gelbseidene Decke lag auf dem Bett, und ein
offener Parfümflakon verströmte einen betäuben-
den Duft. Sehr langsam und auf Zehenspitzen
näherte der Soldat sich dem Bett und beugte sich
über die Frau des Hauptmanns. Das schwache
Mondlicht erhellte ihr Gesicht. Er war ihr so nahe,
dass er ihren warmen, gleichmäßigen Atem fühlen
konnte. Anfangs lag gespannte Neugier in seinem
ernsten Blick, aber nach einer Weile wich sie einem
Ausdruck von Verzückung; und eine seltsame, ver-
zehrende Seligkeit, wie er sie nie zuvor in seinem
Leben gekannt hatte, erfüllte ihn.

So stand er, dicht über die Frau des Hauptmanns
gebeugt, eine Zeitlang da. Dann stützte er seine
Hand auf die Fensterbank und ging ganz langsam
neben dem Bett in die Hocke. Auf seinen breiten
Fußballen stehend, hielt er sein Gleichgewicht, den
Rücken durchgedrückt und die starken schmalen
Hände auf den Knien. Seine Augen waren rund wie
Bernsteinknöpfe, und seine Ponyfransen hingen
ihm dicht und wirr in die Stirn.

Schon früher hatte sein Gesicht manchmal diesen Ausdruck einer plötzlichen Verzückung gezeigt, aber niemand in der Garnison hatte ihn je so gesehen; sonst wäre er wohl vors Militärgericht gekommen. Der Soldat war nämlich auf seinen langen Streifzügen durch die Wälder nicht immer allein. Wenn er nachmittags vom Dienst befreit war, holte er sich ein bestimmtes Pferd aus den Ställen. Er ritt etwa eine Meile weit bis zu einer einsamen, abseits von jedem Weg gelegenen, schwer erreichbaren Stelle. Hier befand sich mitten im Wald eine flache, mit bronzefarbenem Wildgras bewachsene Lichtung. An diesem einsamen Ort pflegte der Soldat sein Pferd abzusatteln und es frei herumlaufen zu lassen. Dann zog er sich aus und legte sich mitten auf der Lichtung auf eine breite Felsplatte. Denn es gab eine Sache, auf die der Soldat nicht verzichten konnte: die Sonne. Selbst an den kältesten Tagen lag er dort nackt und reglos und ließ sich von den Sonnenstrahlen wärmen. Manchmal schwang er sich auch nackt von seinem Felsen auf den bloßen Rücken des Pferdes. Das Pferd war ein ganz gewöhnlicher Schwadronsgaul, aus dem niemand, abgesehen von Private Williams, mehr herausholen konnte als einen plumpen Trab und einen polternden Galopp. Aber mit dem Soldaten auf dem Rücken ging eine wunderliche Veränderung mit dem Tier vor sich, das nun stolz und selbstbewusst zu traben und zu galoppieren begann. Die Haut des Soldaten hatte einen goldbraunen Schimmer. Er hielt sich sehr gerade und war so schlank, dass sich jede seiner Rippen deutlich abzeichnete. Wenn er so im Sonnenlicht herumgaloppierte, glühte er vor unbändiger Sinneslust, ein Anblick, der seine Kameraden sehr verwundert hätte. Nach solchen Ausflügen kam er müde zu den Ställen zurück und sprach mit niemandem.

Private Williams kauerte fast bis zum Morgengrauen neben dem Bett der ›Lady‹. Er bewegte sich nicht, gab keinen Laut von sich und ließ den Körper der Hauptmannsfrau nicht aus den Augen. Dann, als es hell zu werden begann, stützte er sich wiederum mit der Hand auf das Fensterbrett und richtete sich vorsichtig auf. Er ging die Treppe hinunter und schloss die Haustür sorgfältig hinter sich. Schon färbte der Himmel sich zartblau, und der Morgenstern verblasste.

III

Alison Langdon hatte eine qualvolle Nacht hinter sich. Als endlich die Sonne aufging und der Weckruf erklang, hatte sie kein Auge zugemacht. Während jener langen Stunden hatten viele unheimliche Gedanken sie geängstigt. Einmal, als es grade hell zu werden begann, hatte sie sich sogar eingebildet, ja sie war sogar ganz sicher, dass sie jemand aus dem Haus der Pendertons hatte herauskommen und im Wald verschwinden sehen. Als sie dann endlich eingeschlafen war, wurde sie durch ein lautes Poltern geweckt. Rasch warf sie sich den Bademantel über und lief hinunter, wo sich ihr ein empörendes und lächerliches Bild darbot. Ihr Mann jagte mit einem Stiefel in der Hand Anacleto um den Esstisch. Er war in Socken, sonst aber in voller Uniform für den Samstagmorgenappell. Sein Säbel schlug ihm beim Laufen gegen die Beine. Beide blieben stehen, als sie Mrs. Langdon sahen. Dann suchte Anacleto schnell Schutz hinter ihrem Rücken.

»Er hat es absichtlich getan«, sagte der Major in heller Aufregung. »Ich bin jetzt schon spät dran. Sechshundert Männer warten auf mich. Und nun sieh dir bitte an, was er mir gebracht hat!«

Die Stiefel sahen in der Tat erbärmlich aus, als wären sie mit Mehlkleister poliert. Mrs. Langdon schimpfte mit Anacleto und blieb bei ihm, bis er die Schuhe sauber geputzt hatte. Er weinte zum Erbarmen, aber sie blieb standhaft und tröstete ihn nicht. Als Anacleto fertig war, sprach er davon, das Haus zu verlassen und ein Wäschegeschäft in Quebec aufzumachen. Sie brachte die geputzten Stiefel nach oben zu ihrem Mann und gab sie ihm, ohne etwas zu sagen, aber mit einem fürsorglichen Blick. Dann nahm sie ein Buch und ging, da das Herz ihr Beschwerden machte, zu Bett.

Anacleto brachte ihr den Kaffee und fuhr dann auf den Markt, um für den Sonntag einzukaufen. Später, als sie ihr Buch beendet hatte und aus dem Fenster in den sonnigen Herbsttag hinaussah, kam er wieder in ihr Zimmer. Er war vergnügt und hatte die Schelte wegen der Stiefel bereits vergessen. Er machte ein großes Feuer im Kamin und öffnete dann langsam die oberste Kommodenschublade und kramte ein wenig darin herum. Dann nahm er ein kleines kristallenes Feuerzeug heraus, das sie sich aus einem altmodischen Riechfläschchen hatte machen lassen. Dieses Kinkerlitzchen faszinierte ihn derart, dass sie es ihm vor Jahren geschenkt hatte. Er hatte es jedoch bei ihrem Schmuck liegen lassen, um jederzeit einen guten Grund zu haben, die Schublade zu öffnen. Er bat sie um ihre Brille und besah sich lange und genau das Leinendeckchen auf der Kommode. Dann hob er mit Daumen und Zeigefinger etwas Unsichtbares auf und trug dieses Stäubchen vorsichtig zum Papierkorb. Dabei redete er fortwährend mit sich selbst, aber sie achtete nicht auf sein Geplapper.

Was sollte aus Anacleto werden, wenn sie tot war? Diese Frage ließ ihr keine Ruhe. Morris hatte ihr natürlich versprochen, für sein Auskommen zu sorgen, aber was war dieses Versprechen wert, wenn Morris wieder heiraten würde, woran sie nicht zweifelte? Sie dachte an die Zeit vor sieben Jahren, als sie auf den Philippinen lebten und Anacleto zum ersten Mal in ihr Haus kam. Was für ein armes, seltsames Kerlchen! Er hatte solche Angst vor den anderen Boys, dass er ihr den ganzen Tag nicht von der Seite wich, und wenn irgendjemand ihn auch nur ansah, brach er in Tränen aus und rang die Hände. Er war siebzehn Jahre alt, aber sein kluges, ängstliches und zartes Gesicht hatte den Ausdruck eines zehnjährigen Kindes. Als sie dann eines Tages ihre Koffer packten, um nach Amerika zurückzukehren, bat er sie, ihn mitzunehmen, was sie auch tat. Gemeinsam konnten sie sich vielleicht in der Welt behaupten. Aber was sollte Anacleto anfangen, wenn sie nicht mehr da war?

»Anacleto, bist du glücklich?«, fragte sie ihn plötzlich.

Der kleine Filipino konnte durch unerwartete Herzensfragen nicht aus der Ruhe gebracht werden.

»Sicherlich«, sagte er, ohne auch nur einen Augenblick zu überlegen, »wenn es Ihnen gutgeht.«

Die Sonne und das Kaminfeuer tauchten den Raum in strahlendes Licht. Auf einer Wand tanzte ein Schatten auf und ab, den sie beobachtete, während sie mit halbem Ohr Anacletos leisem Geplapper lauschte.

»Was ich mir gar nicht vorstellen kann«, sagte er, »ist, dass sie es wirklich *wissen.*« Häufig begann er eine Unterhaltung mit einer vagen und geheimnisvollen Bemerkung. Dann wartete sie ab, bis sie verstand, worauf er eigentlich hinauswollte. »Erst als ich schon lange Zeit in Ihren Diensten war, war ich mir sicher, dass Sie es wissen. Und jetzt glaube ich es eigentlich von jedem, mit Ausnahme von Herrn Sergej Rachmaninow.«

Sie sah ihn an. »Wovon redest du nur?«

»Madame Alison«, sagte er, »glauben Sie selber

im Ernst, dass Herr Sergej Rachmaninow weiß, dass ein Stuhl etwas ist, worauf man sitzt, und dass eine Uhr einem die Zeit anzeigt? Und wenn ich meinen Schuh ausziehe und ihn hinhalte und sage: ›Was ist das, Herr Sergej Rachmaninow?‹, wird er dann antworten wie jeder andere: ›Anacleto, das ist ein Schuh‹? Ich kann mir's nicht vorstellen.«

Der Klavierabend von Rachmaninow war das letzte Konzert, das sie gehört hatten; es war daher nach Anacletos Ansicht auch das beste. Sie selber hatte überfüllte Konzertsäle nicht gern und hätte das Geld lieber für Schallplatten ausgegeben. Aber es tat gut, hin und wieder aus der Garnison herauszukommen; und diese Ausflüge waren Anacletos größte Freude, schon weil sie die Nacht in einem Hotel verbrachten, was für ihn jedes Mal ein Erlebnis war.

»Soll ich Ihre Kissen etwas auflockern, damit Sie bequemer liegen?«, fragte Anacleto.

Und dann das Abendessen nach dem letzten Konzert! Anacleto in seiner orangefarbenen Jacke schwebte stolz hinter ihr her in den Speisesaal des Hotels. Als er dann sein Essen bestellen sollte, hielt er die Speisekarte dicht vors Gesicht und schloss die Augen. Zur Verwunderung des farbigen Kellners bestellte er auf Französisch. Und obwohl sie am liebsten in Gelächter ausgebrochen wäre, nahm sie sich zusammen und übersetzte, so ernst sie konnte, Satz für Satz seine Wünsche, als wäre sie eine Art Gesellschafterin. Das Menü fiel wegen seiner begrenzten Sprachkenntnisse etwas eigenartig aus. Er hatte die Ausdrücke benutzt, die er aus seinem Buch ›Le Jardin Potager‹ kannte, so dass seine Mahlzeit nur aus Kohl, Brechbohnen und Kartoffeln bestand. Als sie dann von sich aus noch ein halbes Brathuhn hinzufügte, öffnete Anacleto seine Augen und warf ihr rasch einen dankbaren Blick zu. Die weiß livrierten Kellner schwärmten wie Fliegen um das merkwürdige Paar, und Anacleto war viel zu erregt, um auch nur einen Bissen zu essen.

»Wie wär's mit etwas Musik?«, fragte sie ihn. »Wollen wir das g-Moll-Quartett von Brahms hören?«

»*Fameux*«, sagte Anacleto.

Er legte die Platte auf und setzte sich auf einen Hocker vor dem Kamin. Aber kaum waren die ersten Takte verklungen, ein hinreißender Dialog zwischen dem Klavier und den Streichern, klopfte es an der Tür. Anacleto sprach mit jemandem auf dem Flur, machte dann die Tür wieder zu und stellte das Grammophon ab.

»Mrs. Penderton«, flüsterte er mit hochgezogenen Brauen.

»Unten hätte ich ja, solange das Grammophon läuft, bis zum Jüngsten Tag klopfen können, ohne dass mich jemand hört«, sagte Leonora, als sie ins Zimmer kam. Sie setzte sich so forsch ans Fußende des Bettes, dass es klang, als wäre eine Sprungfeder gebrochen. Dann fiel ihr ein, dass es Alison nicht gutging, und sie versuchte, auch leidend auszusehen, denn das war ihrer Meinung nach das angemessene Verhalten im Zimmer einer Kranken. »Kannst du heute Abend kommen?«

»Wohin denn?«

»Mein Gott, Alison, zu meiner Party! Ich habe die letzten drei Tage wie ein Nigger geschuftet, um alles vorzubereiten. Eine solche Party gebe ich nur zweimal im Jahr.«

»Natürlich«, sagte Alison. »Es war mir nur gerade entfallen.«

»Weißt du«, sagte Leonora, und ihr frisches rosiges Gesicht glühte voller Vorfreude. »Ich wünschte, du könntest in diesem Augenblick meine Küche sehen. Ich habe mir das so gedacht: Ich mach den Ausziehtisch im Esszimmer so groß wie möglich, dann können alle rumlaufen und sich selber bedienen. Es gibt zwei große Virginiaschinken, einen riesigen Truthahn, gebratenes Huhn, kaltes Schweinefleisch in Scheiben, geräucherte Rippchen und dazu viele verschiedene kleine Vorspeisen, wie eingemachte

Zwiebeln, Oliven und Radieschen. Außerdem werden belegte Brötchen und kleine Käsekuchen gereicht. Der Punsch steht in der Ecke, und für harte Trinker gibt es auf dem Büfett acht Literflaschen Kentucky Bourbon, fünf Flaschen hiesigen Whisky und fünf Flaschen Scotch. Und ein Musiker aus der Stadt wird Ziehharmonika spielen ...«

»Aber wer soll denn um Himmels willen das alles essen?«, fragte Alison und unterdrückte eine leichte Übelkeit.

»Die ganze Bande«, sagte Leonora begeistert. »Ich habe alle angerufen, angefangen beim alten Brummbären und seiner Frau.«

›Alter Brummbär‹ war der Spitzname, den Leonora dem Kommandierenden General der Garnison gegeben hatte. Und so nannte sie ihn auch in aller Öffentlichkeit. Sie ging mit dem General genauso frei und herzlich um wie mit allen Männern; und der General fraß ihr aus der Hand, wie die meisten Offiziere der Garnison. Die Gattin des Generals war sehr dick und schwerfällig, dazu von überschwenglicher Gemütsart und völlig altmodisch.

»Ich bin übrigens unter anderem rübergekommen, um zu fragen, ob Anacleto heute Abend wohl den Punsch bei uns servieren kann.«

»Es wird ihm ein Vergnügen sein«, antwortete Alison für ihn.

Anacleto, der im Türrahmen stand, sah nicht sonderlich vergnügt aus. Er blickte Alison vorwurfsvoll an und ging dann hinunter, um nach dem Mittagessen zu sehen.

»Susies Brüder werden in der Küche aushelfen. Es ist einfach nicht zu glauben, wie viel diese Leute essen können…!«

»Ist Susie eigentlich verheiratet?«, fragte Alison.

»Du liebe Zeit, nein! Sie will nichts von Männern wissen. Mit vierzehn Jahren ist sie mal auf einen reingefallen und hat's nie wieder vergessen. Wieso fragst du?«

»Weil ich fast sicher bin, dass ich gestern Abend jemanden gesehen habe, der durch die Hintertür in euer Haus hineingegangen und vor Tagesanbruch wieder herausgekommen ist.«

»Du hast sicher geträumt«, sagte Leonora beschwichtigend. Sie hielt Alison für verrückt und glaubte ihr kein Wort, was immer sie auch sagte.

»Vielleicht hast du recht.«

Leonora langweilte sich und wäre am liebsten nach Hause gegangen. Aber da sie der Ansicht war, dass ein nachbarlicher Besuch mindestens eine Stunde dauern müsse, saß sie pflichtschuldig ihre Zeit ab. Sie seufzte und machte einen neuen Versuch, kränklich auszusehen. Sie hielt es für taktvoll, in einem Krankenzimmer das Gespräch tunlichst auf die Leiden anderer Leute zu bringen. Wie alle gänzlich dummen Menschen begeisterte sie sich für Schauergeschichten. Sie konnte ganz und gar in ihnen aufgehen, um sie dann sofort wieder zu vergessen. Ihr Tragödienrepertoire bestand vorwiegend aus schweren Sportunfällen.

»Habe ich dir eigentlich schon von dem dreizehnjährigen Mädchen erzählt, das uns bei der letzten Fuchsjagd als Pikör begleitete und sich dabei das Genick brach?«

»Ja, Leonora«, sagte Alison gereizt. »Du hast mir jede schreckliche Einzelheit bereits fünfmal erzählt.«

»Macht es dich nervös?«

»Außerordentlich nervös.«

»Hm ...«, sagte Leonora. Die Abfuhr machte sie in keiner Weise verlegen. Ruhig zündete sie sich eine Zigarette an. »Lass dir von niemand einreden, dass das die richtige Art ist, einen Fuchs zu jagen. Ich kenn mich aus in diesen Dingen. Hör zu, Alison!« Sie sprach überdeutlich und in einem ermutigenden Tonfall, als hätte sie's mit einem kleinen Kind zu tun. »Weißt du, wie man Opossums jagt?«

Alison nickte kurz und strich die Steppdecke glatt. »Man lässt sie aufbaumen ...«

»Zu Fuß«, sagte Leonora. »So jagt man Füchse. Ein Onkel von mir hat eine Blockhütte in den

Bergen, und meine Brüder und ich haben ihn hin und wieder besucht. An kühlen Abenden, nach Sonnenuntergang, zogen wir dann etwa zu sechst mit unseren Hunden los. Ein Negerjunge mit einer Flasche Schnaps von der guten milden Sorte folgte uns. Manchmal waren wir eine ganze Nacht lang hinter einem Fuchs her. Ich kann das nicht so genau beschreiben. Irgendwie ...«

Aber obwohl Leonora genau fühlte, was sie sagen wollte, fand sie doch nicht die Worte, es auszudrücken. »Und dann um sechs Uhr noch ein letztes Glas Schnaps, und dann das Frühstück. Und wenn auch alle meinten, mein Onkel wäre sonderbar – das Essen, das es bei ihm gab, war schon gut, das kannst du mir glauben. Nach der Jagd versammelten wir uns dann um einen Tisch, der vollgeladen war mit Fischrogen, geräuchertem Schinken, gebratenem Huhn und Biskuits so groß wie meine Hand ...«

Als Leonora schließlich gegangen war, wusste Alison nicht, ob sie lachen oder weinen sollte. Überreizt, wie sie war, tat sie beides.

Anacleto trat an ihr Bett und glättete sorgfältig das Laken an der Stelle, wo Leonora gesessen hatte.

»Ich werde mich vom Major scheiden lassen, Anacleto«, sagte sie plötzlich, nachdem sie aufgehört hatte zu lachen. »Und ich werde es ihm heute Abend sagen.«

Anacletos Miene verriet ihr nicht, ob er überrascht war. Er wartete einen Augenblick, dann fragte er: »Und wohin werden wir dann gehen, Madame Alison?«

Eine lange Reihe von Plänen, die sie in schlaflosen Nächten gemacht hatte, ging ihr durch den Kopf: Lateinstunden in einer kleinen Universitätsstadt, Krabbenfischen, Anacleto, wie er sich draußen abrackerte, während sie selbst in einer Pension hockte und nähte ... Aber sie sagte nur: »Darüber habe ich noch nicht entschieden.«

»Ich wüsste gern«, sagte Anacleto nachdenklich, »wie die Pendertons sich verhalten werden.«

»Darüber brauchst du dir keine Gedanken zu machen, das ist nicht unsere Sache.«

Anacletos kleines Gesicht blieb düster und nachdenklich. Er stand am Fußende des Bettes und hatte seine Hände auf einen Bettpfosten gelegt. Da sie fühlte, dass er sie noch etwas fragen wollte, blickte sie auf und wartete. Schließlich fragte er hoffnungsvoll: »Glauben Sie, dass wir in einem Hotel leben könnten?«

Am Nachmittag ging Hauptmann Penderton für seinen üblichen Ausritt hinunter zu den Stallungen. Private Williams war noch im Dienst, obwohl er an diesem Tag eigentlich ab vier Uhr frei haben sollte. Der Hauptmann würdigte ihn keines Blicks, als er in scharfem, arrogantem Ton zu ihm sagte: »Sattle Mrs. Pendertons Pferd Firebird!«

Private Williams stand reglos da und starrte in das weiße angespannte Gesicht des Hauptmanns. »Herr Hauptmann befehlen?«

»Firebird«, wiederholte der Hauptmann. »Mrs. Pendertons Pferd.«

Das war ein ungewohnter Befehl, denn Hauptmann Penderton hatte Firebird bisher nur dreimal geritten, und jedes Mal hatte seine Frau ihn begleitet. Der Hauptmann selber hatte kein eigenes Pferd und pflegte daher eines der Tiere aus den Stallungen zu nehmen. Während der Hauptmann draußen im Hof wartete, zupfte er nervös an den Fingerspitzen seiner Handschuhe. Als Firebird dann vorgeführt wurde, war er nicht zufrieden. Private Williams hatte Mrs. Pendertons flachen englischen Sattel aufgelegt, der Hauptmann aber bevorzugte einen Armeesattel. Nachdem die Sättel ausgewechselt waren, blickte der Hauptmann dem Pferd in die runden purpurnen Augen und sah darin das glasige Spiegelbild seiner eigenen ängstlichen Züge. Private Williams hielt die Zügel, während Penderton aufsaß. Der Hauptmann saß angespannt da, mit vorgeschobenem Kinn, die Knie krampfhaft in den Sattel gedrückt, während der Soldat immer noch wie unbeteiligt neben ihm stand, die Zügel in der Hand.

Nach einer Weile sagte der Hauptmann: »Sehen Sie nicht, dass ich längst im Sattel sitze? Lassen Sie endlich los!«

Private Williams trat ein paar Schritte zurück. Der Hauptmann zog die Zügel an und drückte das Pferd mit den Schenkeln. Nichts geschah. Das Pferd stieß nicht in die Zügel und spielte auch nicht, wie sonst jeden Morgen bei Mrs. Penderton, mit der Kandare, sondern wartete ruhig auf das Zeichen zum Aufbruch. Als der Hauptmann dies merkte, kam eine böse Freude über ihn. ›Soso‹, dachte er, ›sie hat ihn sich also gefügig gemacht; das war vorauszusehen.‹ Der Hauptmann gab dem Tier die Sporen, versetzte ihm mit seiner kurzen geflochtenen Reitpeitsche einen Schlag und galoppierte dann auf dem Reitweg davon.

Es war ein schöner sonniger Nachmittag, und in der Luft hing der frische, bittersüße Geruch der Kiefern und des welken Laubes. Nicht eine Wolke war am weiten blauen Himmel zu sehen. Das Pferd war an diesem Tage noch nicht geritten worden und schäumte über vor Lebenslust, wie es so frei dahingaloppierte. Firebird war wie die meisten Pferde manchmal schwer zu halten, wenn man ihm frisch vom Stall weg die Zügel gab.

Der Hauptmann wusste das und griff nach einem merkwürdigen Mittel. Sie waren etwa einen Kilometer gleichmäßig galoppiert, als er das Pferd mit einem so plötzlichen Ruck zum Stehen brachte, dass es stolperte und stieg. Dann stand es still: verwundert, aber gefügig – zur größten Zufriedenheit des Hauptmanns.

Dieses Spiel wiederholte sich noch zwei weitere Male. Der Hauptmann ließ dem Pferd die Zügel, bis es sich seiner Freiheit ganz sicher wähnte, um es dann ohne jede Warnung jäh zu parieren. Er hatte sich selbst im Verborgenen schon oft solche kleinen Strafen auferlegt. Die Befriedigung, die er dabei empfand, hätte er anderen schwerlich erklären können

Beim dritten Mal parierte das Pferd genauso brav; was aber dann geschah, beunruhigte den Hauptmann derart, dass seine ganze Zufriedenheit dahin war. Denn als sie so allein auf dem Reitweg dastanden, drehte das Pferd langsam seinen Kopf nach hinten und blickte dem Hauptmann ins Gesicht; dann legte es die Ohren zurück und senkte langsam den Kopf.

Der Hauptmann hatte plötzlich das Gefühl, dass der Hengst ihn abwerfen – und nicht nur abwerfen, sondern töten würde. Er hatte immer Angst vor Pferden gehabt und ritt nur, weil es sich nun mal so gehörte und weil das Reiten ihm eine willkommene Gelegenheit bot, sich selbst zu quälen. Er hatte den bequemen Sattel seiner Frau nur deswegen gegen den groben Armeesattel umgetauscht, weil er sich an dem hohen Sattelbogen notfalls festklammern konnte. Jetzt saß er steif da und versuchte, sich gleichzeitig am Sattel und an den Zügeln festzuhalten. Dann überwältigte ihn die Furcht vollends. Er ergab sich in sein Schicksal, zog die Füße aus den Bügeln, hielt die Hände vors Gesicht und sah sich vorsichtig um, wohin er wohl fallen würde. Diese Schwäche dauerte jedoch nur einen Augenblick, und als er merkte, dass das Pferd ihn doch nicht abwerfen wollte, kam ein triumphierendes Glücksgefühl über ihn, und sie galoppierten weiter.

Der Weg mitten durch den Wald stieg unmerklich an. Langsam näherten sie sich der Lichtung, von wo aus man das Festungsgelände meilenweit überschauen konnte. In der Ferne bildete der grüne Kiefernwald einen dunklen Streifen vor dem leuchtenden Herbsthimmel. Von der märchenhaften Aussicht überwältigt, wollte der Hauptmann einen Augenblick rasten und zog die Zügel an. Im selben Augenblick aber geschah etwas völlig Unerwartetes, das den Hauptmann leicht das Leben hätte kosten können. Im Galopp hatten sie die

Kammhöhe des Hügels erklommen. Plötzlich aber brach das Pferd ohne jede Warnung nach links aus und raste wie von Dämonen getrieben den Hang hinunter.

Der Hauptmann war so verdutzt, dass er aus dem Sattel und auf den Hals des Pferdes flog und beide Steigbügel verlor. Es gelang ihm aber, oben zu bleiben. Die eine Hand in der Mähne und die andere in den Zügeln, schob er sich langsam wieder zurück in den Sattel; das war alles, was er tun konnte. Das Pferd stürmte blindlings dahin, dass ihn schwindelte, sobald er die Augen öffnete. Er saß zu locker im Sattel, als dass er die Zügel hätte kontrollieren können. Mit Entsetzen begriff er, dass ihm auch das nichts genützt hätte, da er jede Gewalt über das Pferd verloren hatte. Seine Muskeln und Nerven waren nur noch auf das eine Ziel gerichtet: durchzuhalten. Mit dem Renntempo von Firebirds berühmtem Stammvater jagten sie über das offene Gelände dahin. Das Gras schimmerte wie Kupfer in der Sonne. Mit einem Mal umgab sie grünes Dämmerlicht. Der Hauptmann begriff, dass sie sich nun wieder im Wald befanden und einen engen Pfad entlangstürmten. Auch jetzt schien das Pferd sein Tempo kaum zu drosseln. Der halb betäubte Hauptmann saß geduckt im Sattel. Ein Ast hatte ihm die linke Wange aufgerissen. Er fühlte keinen Schmerz, sah aber deutlich das heiße rote Blut auf seinen Ärmel tropfen. Er bückte sich so tief, dass seine rechte Wange sich an der rauhen Nackenmähne des Pferdes rieb, und wagte nicht, sich wieder aufzurichten, aus Furcht, sich an einem Ast den Schädel einzuschlagen.

Drei Wörter bestimmten seine Gedanken. Atemlos und mit zitternden Lippen flüsterte er: »Ich bin verloren.«

Als er sein Leben schon aufgegeben hatte, wallte plötzlich eine wahnsinnige Lebenslust in ihm auf. So unverhofft wie das Ausbrechen des Pferdes kam dieses Gefühl über ihn, das er so noch nie erfahren hatte. Seine halbgeschlossenen Augen glänzten wie im Delirium und sahen doch klarer und schärfer denn je. Kaleidoskopisch entfaltete sich die Welt vor ihm, und jedes einzelne Bild prägte sich ihm lebhaft ein. Eine halb von welkem Laub bedeckte kleine schimmerndweiße, köstliche Blume, ein grober Kiefernzapfen, der Aufstieg eines Vogels in blaue windige Höhen, ein jäher Sonnenstrahl in der grünen Dämmerung – all dies sah der Hauptmann wie zum ersten Mal in seinem Leben. Er nahm die würzig frische Luft in sich auf und staunte über seinen eigenen Körper, sein pochendes Herz, seine Muskeln, Nerven und Knochen wie über ein Wunder. Alle Angst war von ihm abgefallen. Er hatte jenen ekstatischen Bewusstseinsgrad erreicht, in dem Mensch und Welt eins werden. Und ein verzücktes Lächeln umspielte seine blutigen Lippen.

Wie lange dieser tolle Ritt gedauert hatte, wusste der Hauptmann nicht. Er wusste nur, dass er schließlich aus dem Wald hinaus und über eine offene Ebene galoppierte. Ihm war, als hätte er auf einem Felsen in der Sonne einen Mann liegen sehen, neben ihm ein grasendes Pferd. Aber er wunderte sich nicht darüber und hatte es sogleich wieder vergessen. Was ihn jetzt, da sie sich wieder im Wald befanden, ausschließlich beschäftigte, war sein völlig erschöpftes Tier. Er litt Todesangst und dachte: ›Das ist das Ende von allem.‹

Das Pferd war in einen müden Trab gefallen und blieb schließlich stehen. Der Hauptmann richtete sich im Sattel auf und sah sich um. Als er das Pferd mit den Zügeln auf den Hals schlug, stolperte es noch ein paar Schritte weiter und blieb dann endgültig stehen. Zitternd stieg der Hauptmann ab und band das Pferd langsam und sorgfältig an einen Baum. Dann brach er sich einen langen Zweig und schlug mit seiner letzten Kraft wütend auf das Pferd ein. Mit keuchendem Atem und schweißnassen Flanken umkreiste das Pferd den Baum. Der Hauptmann schlug weiter zu. Schließlich blieb das Pferd mit einem tiefen Seufzer stehen. Auf der Nadelstreu unter ihm hatte sich eine dunkle Schweißpfütze gebildet, und sein Kopf hing herab. Der Hauptmann war über und über mit Blut beschmiert; und wo sein Gesicht und sein Nacken sich an der kurzen harten Mähne gerieben hatten, zeigte sich ein roter Ausschlag. Er warf die Peitsche fort. Seine Wut war noch nicht verflogen, obschon er sich vor Erschöpfung kaum auf den Beinen halten konnte. Er sank zu Boden und blieb, den Kopf in den Armen vergraben, in einer sonderbar gekrümmten Haltung liegen – wie eine zerbrochene Puppe, die jemand weggeworfen hat. Er schluchzte laut.

Für kurze Zeit verlor der Hauptmann das Bewusstsein. Als er wieder zu sich kam, hatte er eine Vision: Er sah seine Vergangenheit vor sich in einem schwankenden Bild, wie auf dem Grund eines tiefen Brunnens. Vor ihm tauchte seine Kindheit auf. Er war von fünf alten unverheirateten Tanten aufgezogen worden. Diese alten Jungfern waren jedoch keineswegs verbittert, außer wenn sie ganz unter sich waren. Sie lachten viel und gern und veranstalteten oftmals Picknicks, sinnlose Ausflüge und Sonntagsgesellschaften, zu denen sie andere alte Jungfern einluden. Den Jungen aber benützten sie dazu, ihnen etwas von der Schwere des Lebens zu nehmen. Wirkliche Liebe hatte der Hauptmann nie kennengelernt. Seine Tanten überschütteten ihn mit ihren sentimentalen Schwärmereien, die er ihnen, da er's nicht besser wusste, mit gleicher Münze heimzahlte. Außerdem kam der Hauptmann aus den Südstaaten, und seine Tanten sorgten dafür, dass er es nicht vergaß. Mütterlicherseits stammte er von Hugenotten ab, die Frankreich im siebzehnten Jahrhundert verlassen hatten, um bis zu dem großen Aufstand erst in Haiti und schließlich bis zum Bürgerkrieg als Farmer in Georgia zu leben. Die Geschichte seiner Familie war geprägt von wilder Prunksucht, tiefer Armut und großem Dünkel. Seine Generation hatte es jedoch nicht gerade weit gebracht. Der einzige lebende Vetter des Hauptmanns war Polizist in Nashville. Da der Hauptmann ein großer Snob war, echtes Selbstwertgefühl aber nicht kannte, legte er übertriebenen Wert auf die verlorene Vergangenheit seiner Familie.

Der Hauptmann bohrte seine Stiefelspitzen in die Nadelstreu und machte sich Luft in einem lauten Seufzer, der im Wald schwach nachklang. Dann lag er starr und stumm. Ein seltsames Gefühl, das ihn schon eine Weile beschäftigte, gewann plötzlich Gestalt. Jemand war in seiner Nähe. Mühsam drehte er sich auf den Rücken.

Zunächst glaubte er nicht, was er sah. Zwei Meter neben ihm, an eine Eiche gelehnt, blickte der junge Soldat, dessen Gesicht ihm so zuwider war, auf ihn herab. Er war völlig nackt. Sein schlanker Körper glänzte in der Abendsonne. Mit ausdruckslosen Augen musterte er den Hauptmann wie ein unbekanntes Insekt. Der Hauptmann war so verdutzt, dass er sich nicht rührte. Er wollte etwas sagen, aber aus seiner Kehle drang nur ein trockenes Rasseln. Während er den Soldaten beobachtete, schaute dieser zu dem Pferd hinüber. Firebird war immer noch schweißnass, und Striemen liefen über seinen Rücken. An einem einzigen Nachmittag war aus dem stolzen Vollblut ein müder Ackergaul geworden.

Der Hauptmann lag zwischen dem Soldaten und dem Pferd. Der nackte Mann nahm sich nicht die Mühe, um den ausgestreckten Körper herumzugehen, sondern stieg einfach über den Offizier hinweg. Einen Augenblick lang sah der Hauptmann den nackten Fuß des jungen Soldaten direkt über sich; es war ein schmaler, wohlgeformter Fuß mit einem hohen, blau geäderten Spann. Der Soldat band das Tier los und legte ihm die Hand liebkosend auf das weiche Maul. Dann führte er es, ohne den Hauptmann eines Blickes zu würdigen, in den dichten Wald. Das alles geschah so rasch, dass der Hauptmann sich weder hatte aufrichten noch etwas sagen können. Anfangs war er nur grenzenlos erstaunt. Er dachte an den ebenmäßigen Körper des jungen Mannes. Dann rief er irgendetwas in den Wald, bekam aber keine Antwort. Glühender Hass gegen den Soldaten stieg in ihm auf, ebenso maßlos wie das Glücksgefühl, das er empfunden hatte, als Firebird durchgegangen war. Alle Erniedrigungen, aller Neid, alle Ängste seines Lebens machten sich Luft in dieser jähen Wut. Der Hauptmann erhob sich stolpernd und lief ziellos durch den dunklen Wald.

Er wusste weder, wo er war, noch, wie weit er sich von der Garnison entfernt hatte. Ein Dutzend schlauer Pläne, wie er den Soldaten quälen könne, gingen ihm im Kopf herum. In seinem Herzen wusste er, dass dieser Hass, leidenschaftlich wie Liebe, ihn bis ans Ende seiner Tage begleiten würde. Nach langem Herumirren stieß er, als es beinah schon Nacht war, auf einen ihm bekannten Pfad.

Die Party bei den Pendertons begann um sieben, und bereits eine halbe Stunde später waren die Vorderzimmer überfüllt. Leonora, in einem eleganten cremefarbenen Samtkleid, empfing ihre Gäste allein. Wenn man sich nach dem abwesenden Gastgeber erkundigte, sagte sie, der Teufel solle ihn holen, sie wisse von nichts, vielleicht sei er ihr weggelaufen. Man lachte, wiederholte ihre Worte und malte sich aus, wie der Hauptmann davongetrottet sei, einen Stock über der Schulter und seine Notizbücher in ein rotes Tuch geschlagen. Er habe nach seinem Ausritt in die Stadt fahren wollen und vielleicht unterwegs eine Panne gehabt.

Der lange Tisch im Esszimmer war mehr als üppig gedeckt und geschmückt. Die Luft war so gesättigt mit den Gerüchen von Schinken, Rippenstücken und Whisky, dass man sie mit Löffeln hätte essen können. Aus dem Salon hörte man die Klänge einer Ziehharmonika, manchmal sang jemand ziemlich falsch dazu. Am lustigsten ging es wohl am Büffet zu, wo Anacleto betont würdevoll und langsam die Gläser der Gäste mit Punsch füllte, allerdings, geizig, wie er war, nur bis zur Hälfte. Als er Leutnant Weincheck entdeckte, der allein in der Nähe der Haustür stand, befasste er sich eine Viertelstunde lang damit, jede Kirsche oder Ananasscheibe aus den geleerten Gläsern zu fischen. Dann ließ er ein Dutzend Offiziere warten, um dem alten Leutnant diesen kostbaren Extrabecher zu überreichen. Die Unterhaltung war so lebhaft, dass niemand einen Gedanken zu Ende bringen konnte. Man plauderte über das neue Militärbudget und erging sich in Vermutungen über einen jüngst begangenen Selbstmord. Im Schutz des allgemeinen Lärms und unter vorsichtigen Seitenblicken auf Major Langdon machte ein Witz die Runde: dass nämlich der sensible kleine Filipino Alison Langdons Urinproben, ehe er sie zur Untersuchung ins Krankenhaus brachte, ein wenig parfümiert habe. Das Gedränge wurde allmählich verheerend. Es war bereits eine Torte von der Servierplatte gefallen und unbemerkt die halbe Treppe hinaufgeschleppt worden.

Leonora war bester Laune. Sie gab jedem Gast einen lustigen Spitznamen und tätschelte die Glatze des Oberst-Quartiermeisters, der ein alter Freund von ihr war. Einmal ging sie hinaus in die Halle, um eigenhändig dem jungen Musikanten aus der Stadt einen Drink zu bringen. »Mein Gott, wie begabt der Junge ist!«, sagte sie. »Er kann einfach alles spielen, wenn man es ihm vorsummt – einfach alles!«

»Wirklich erstaunlich«, stimmte Major Langdon ihr zu und betrachtete die anderen Gäste, die sie umdrängten. »Meine Frau ist ja mehr für klassisches Zeug: Bach zum Beispiel. Aber für mich ist das so, als müsste ich einen Haufen Regenwürmer runterschlucken. Ich hab's lieber melodisch. Der Walzer aus der *Lustigen Witwe* zum Beispiel. Das nenn ich Musik!«

Mit den ersten Klängen des Walzers traf der General ein, und der Lärm ließ etwas nach. Leonora genoss ihre Party so sehr, dass sie sich erst nach acht Uhr um ihren Gatten zu sorgen begann, während die Mehrzahl ihrer Gäste sich schon längst über das Fehlen des Hausherrn wunderte. Man vermutete sogar, dass irgendein Unglück passiert sei oder ein Skandal bevorstehe. So blieben denn auch die ersten Gäste viel länger als üblich, um ja nichts zu versäumen. Und das Haus war jetzt so voll, dass es einer ausgeklügelten Strategie bedurfte, um von einem Zimmer ins andere zu gelangen.

Währenddessen wartete Hauptmann Penderton am Eingang zum Reitweg zusammen mit dem Wachtmeister, der eine Sturmlampe trug. Er war erst weit nach Einbruch der Dunkelheit zurückgekommen und hatte berichtet, dass der Hengst ihn abgeworfen habe und weggelaufen sei. Sie hofften, dass Firebird allein zurückfinden werde. Der Hauptmann hatte sein zerkratztes und geschwollenes Gesicht gewaschen und war dann ins Krankenhaus gefahren, wo man die Wunde an seiner Wange mit drei Stichen nähte. Nach Hause wollte er nicht gehen. Ihm fehlte der Mut, Leonora zu begegnen, solange das Pferd nicht wieder in seiner Box war – vor allem aber wollte er auf den Mann warten, den er so sehr hasste. Es war eine helle, milde Nacht, und der Mond stand in seinem dritten Viertel.

Um neun Uhr hörten sie in der Ferne das Ge-
trappel von Pferdehufen. Bald darauf tauchten die
müden Gestalten des Soldaten Williams und zweier
Pferde auf. Der Soldat führte beide am Zügel.
Leicht blinzelnd näherte er sich der Sturmlampe.
Er starrte den Hauptmann so lange und seltsam an,
dass der erschrockene Wachtmeister nicht wusste,
wie er sich verhalten sollte, und es dem Hauptmann überließ, mit der Situation fertig zu werden.
Der Hauptmann stand still da, aber seine Lider
zuckten, und sein verkniffener Mund zitterte.

Er folgte Private Williams in den Stall. Der
junge Soldat fütterte die Pferde und rieb sie ab.
Er schwieg ebenfalls, während der Hauptmann
ihn durch die Tür der Box beobachtete. Er sah die
schlanken geschickten Hände und den schmalen
Nacken des Soldaten; und ein Gefühl erfasste ihn,
das ihn ebenso sehr abstieß, wie es ihn faszinierte:
Ihm war, als ob er mit dem Soldaten ränge, nackt,
Körper an Körper. Ein Kampf auf Leben und
Tod. Die Rückenmuskeln des Hauptmanns waren
so strapaziert, dass er sich kaum aufrecht halten
konnte. Seine Augen brannten wie blaue Flammen unter den zuckenden Lidern. Ruhig beendete
der Soldat seine Arbeit und verließ den Stall. Der
Hauptmann folgte ihm und sah ihm nach, als er in
der Nacht verschwand. Sie hatten kein Wort mitei-

nander gewechselt. Erst als der Hauptmann in seinem Wagen saß, fiel ihm wieder ein, dass sie heute Abend Gäste erwarteten.

Anacleto kam erst spät nach Hause. Er stand in der Türöffnung von Alisons Zimmer und sah grünlich und übermüdet aus. Menschengewimmel erschöpfte ihn rasch. »Die Welt ist wie verstopft vor lauter Leuten«, sagte er mit einem nachdenklichen Seufzer.

Doch Alison bemerkte an einem raschen kleinen Aufleuchten seiner Augen, dass etwas Ungewöhnliches passiert war. Er ging ins Badezimmer und krempelte die Ärmel seines gelben Leinenhemdes auf, um sich die Hände zu waschen. »War Leutnant Weincheck bei Ihnen?«

»Ja, er hat mich schon vor einer ganzen Weile besucht.«

Der Leutnant war in gedrückter Stimmung gewesen. Sie schickte ihn nach unten, um eine Flasche Sherry zu holen. Nachdem sie etwas getrunken hatten, setzte er sich an ihr Bett, und sie legten Patiencen. Zu spät bemerkte sie, dass es taktlos gewesen war, ihm dieses Spiel vorzuschlagen. Der Leutnant verstand gar nichts davon und versuchte vergebens, seine Unkenntnis vor ihr zu verbergen.

»Er hat gerade erfahren, dass die ärztliche Kommission ihn diesmal ausmustert«, sagte sie. »Er wird in kurzer Zeit seinen Abschied erhalten.«

»Tss! Wie schade«, sagte Anacleto und fügte hinzu: »Zugleich wäre ich an seiner Stelle jedoch auch froh darüber.«

Der Arzt hatte ihr eine neue Medizin verordnet. Im Badezimmerspiegel sah sie, wie Anacleto das Fläschchen inspizierte und dann eine kleine Probe nahm, ehe er ihr Glas fertig machte. Seiner Miene nach zu urteilen, war ihm der Geschmack unangenehm. Trotzdem strahlte er, als er ins Zimmer zurückkam.

»Eine solche Party haben Sie noch nie erlebt«, sagte er. »Was für eine Konfision!«

»Kon*fu*sion, Anacleto.«

»Jedenfalls gab es ein großes Chaos! Hauptmann Penderton kam zwei Stunden zu spät zu seiner eigenen Party. Als er endlich erschien, dachte ich, ein Löwe hätte ihn zur Hälfte gefressen. Das Pferd hatte ihn in einen Brombeerbusch geworfen und war weggelaufen. Noch nie hab ich so ein Gesicht gesehen.«

»Hat er sich etwas gebrochen?«

»Er sah aus, als hätte er sich das Rückgrat gebrochen«, sagte Anacleto nicht ohne Genugtuung. »Er nahm sich aber sehr zusammen, ging nach oben, zog sich um und versuchte, so zu tun, als wäre nichts passiert. Jetzt sind alle weg, außer dem Major und dem Oberst mit den roten Haaren, dessen Frau wie eine ›Wure‹ aussieht.«

»Anacleto!«, mahnte sie ihn sanft. Anacleto hatte das Wort ›Wure‹ häufig gebraucht, ehe sie begriff, dass er damit »Hure« meinte. Lange hatte sie geglaubt, es handle sich um einen Ausdruck der Eingeborenen.

Anacleto zuckte mit den Schultern, wandte sich dann aber plötzlich mit hochrotem Gesicht zu ihr um. »Ich hasse diese Leute!«, sagte er heftig. »Auf der Party erzählte jemand einen Witz und merkte gar nicht, dass ich in der Nähe war. Es war gemein und verletzend, und außerdem war es nicht wahr.«

»Was war es denn?«

»Ich kann's Ihnen nicht wiederholen.«

»Dann vergiss es«, sagte sie. »Geh zu Bett, und schlaf dich aus.«

Alison war besorgt wegen Anacletos plötzlicher Erregung. Auch sie verachtete doch eigentlich ›diese Leute‹. Jeder von ihnen, den sie in den letzten fünf Jahren kennengelernt hatte, war auf seine Weise nicht in Ordnung – mit Ausnahme natürlich von Weincheck und Anacleto und der kleinen Catherine. Morris Langdon in seiner groben Art war so dumm und herzlos, wie eben nur ein Mann sein konnte. Leonora war ein Tier und weiter nichts. Und der diebische Weldon Penderton war schlicht hoffnungslos korrupt. Was für eine Bande! Sogar sich selbst verachtete sie. Wenn sie nicht so schrecklich zögerlich gewesen wäre, wenn sie nur einen Funk Stolz im Leib gehabt hätte, Anacleto und sie wären heute nicht mehr in diesem Haus gewesen.

Sie wandte sich zum Fenster und sah in die Nacht hinaus. Es war windig geworden, und unten schlug ein loser Fensterladen gegen das Haus. Sie drehte das Licht aus, um aus dem Fenster sehen zu können. Der Orion strahlte in dieser Nacht besonders hell. Im Wald wogten die Baumkronen wie dunkle Wellen im Wind. In diesem Augenblick sah sie, als sie zum Haus der Pendertons hinüberblickte, wieder einen Mann am Waldrand stehen. Er selbst war von den Bäumen verdeckt, aber sein Schatten fiel schwarz und deutlich auf den Rasen. Sie konnte seine Züge nicht erkennen, war sich aber sicher, dass er auf irgendetwas lauerte. Sie beobachtete ihn zehn, zwanzig Minuten, eine halbe Stunde lang. Er rührte sich nicht. Ihr Schock und ihre Angst waren so groß, dass sie einen Augenblick dachte, sie sei vielleicht im Begriff, verrückt zu werden. Sie schloss die Augen und zählte in Siebenerschritten bis zweihundertachzig. Als sie wieder hinaussah, war der Schatten verschwunden.

Der Major klopfte an ihre Tür. Als er keine Antwort bekam, drehte er vorsichtig den Türknauf und spähte ins Zimmer. »Schläfst du, meine Liebe?«, fragte er so laut, dass ein jeder aufgewacht wäre.

»Ja«, sagte sie bitter, »ich schlafe tief und fest.«

Der Major war verwirrt und wusste nicht, ob er die Tür wieder schließen oder hereinkommen sollte. Obwohl er weit von ihr entfernt stand, merkte sie doch, dass er Leonoras Bargetränken mehrfach zugesprochen hatte.

»Morgen habe ich dir etwas mitzuteilen«, sagte sie. »Du solltest eigentlich schon wissen, worum es geht, und vorbereitet sein.«

»Ich weiß nicht, was du meinst«, sagte der Major hilflos. »Habe ich was falsch gemacht?« Er dachte ein paar Augenblicke nach. »Wenn du Geld brauchst für irgendwas Besonderes, Alison – ich hab's nicht. Ich habe beim letzten Footballspiel eine Wette verloren, und das Stallgeld für das Pferd ist auch noch nicht bezahlt …« Die Tür fiel sachte ins Schloss.

Mitternacht war vorüber, und sie war wieder allein. Diese Stunden von Mitternacht bis zur Dämmerung waren grauenhaft. Wenn sie Morris einmal gestand, dass sie überhaupt nicht geschlafen habe, so glaubte er ihr's natürlich nicht. Und genauso wenig glaubte er ihr, dass sie krank sei. Als sie vor vier Jahren zum ersten Mal schwer erkrankte, war er ehrlich besorgt um sie gewesen. Als dann aber ein Unglück dem andern folgte: Brustentzündung, Nierenleiden und jetzt diese Herzbeschwerden, war er zunehmend verärgert, und schließlich glaubte er ihr gar nichts mehr. Er hielt sie für eine Hypochonderin, die sich bloß vor ihren Pflichten drücken wollte, nämlich vor den Partys und Sportveranstaltungen, die man in ihren Kreisen regelmäßig zu besuchen hatte. Schließlich ist man ja auch deutlich glaubwürdiger, wenn man seine Abwesenheit bei einem Fest mit einem einzigen Grund entschuldigt, als wenn man viele verschiedene Erklärungen dafür angibt, so überzeugend eine jede von ihnen auch sein mag. Sie hörte, wie ihr Gatte drüben in seinem Zimmer auf und ab ging und eine lange fachmännische Unterhaltung mit sich selber führte. Sie drehte ihre Nachttischlampe an und begann zu lesen.

Um zwei Uhr morgens überkam sie plötzlich und ohne jede Warnung das Gefühl, sie werde in dieser Nacht sterben. Auf etliche Kissen gestützt, saß sie in ihrem Bett, eine junge Frau mit bereits ältlichen scharfen Zügen, deren Augen rastlos von einer Zimmerecke zur andern wanderten. Mit ihrem Kopf machte sie immerfort die gleiche seltsame Bewegung, indem sie ihr Kinn zuerst nach vorne schob und dann seitwärts drehte, als ob etwas ihr den Atem nehme. Die Stille im Zimmer schien ihr durch Misstöne gestört. Im Badezimmer tropfte ein Wasserhahn. Die Uhr auf dem Kaminsims, eine alte, mit goldenen Schwänen verzierte Stutzuhr, schepperte bei jedem Schlag. Am meisten aber beunruhigte sie das laute Klopfen ihres eigenen Herzens, das in seiner Bedrängnis in großen Sprüngen davonzulaufen schien und dann plötzlich so heftig pochte, dass ihr ganzer Körper bebte. Langsam und vorsichtig öffnete sie die Nachttischschublade und nahm ihr Strickzeug heraus. »Ich muss an etwas Angenehmes denken«, ermahnte sie sich.

Sie dachte zurück an die glücklichste Zeit ihres Lebens. Sie war einundzwanzig Jahre alt und versuchte seit neun Monaten, den Mädchen in ihrer Klasse ein wenig Cicero und Virgil einzurichten. Dann kamen die Ferien, und sie war in New York mit zweihundert Dollar in der Brieftasche. Sie stieg in einen Bus und fuhr nach Norden, ohne zu wissen, wohin. Irgendwo in Vermont kamen sie durch ein Dorf, das ihr gefiel. Sie stieg aus, fand nach ein paar Tagen ein kleines Blockhaus im Wald und mietete es. Ihren Kater Petronius hatte sie mitgenommen; aber noch ehe der Sommer vorbei war, sah sie sich genötigt, seinem Namen eine weibliche Endung anzuhängen, weil er plötzlich einen Wurf blinder Kätzchen zur Welt gebracht hatte. Ein paar herrenlose Hunde schlossen sich ihnen an. Einmal in der Woche ging sie ins Dorf und kaufte Dosenfutter für die Katzen, für die Hunde und für sich selbst. Jeden Morgen und jeden Abend machte sie sich ihre Lieblingsmahlzeit zurecht: Chili con carne, Zwieback und Tee. Nachmittags hackte sie Feuerholz, und abends saß sie in der Küche, die Füße auf dem Ofen, und las oder sang vor sich hin.

Mit blassen, aufgesprungenen Lippen flüsterte Alison einzelne Wörter und starrte dabei unentwegt auf das Fußende des Bettes. Plötzlich ließ sie ihre Strickarbeit fallen und hielt den Atem an. Ihr Herz hatte aufgehört zu schlagen. Im Zimmer herrschte Grabesstille, und sie wartete, den Kopf tief in den Kissen, mit offenem Mund auf irgendetwas. Sie war starr vor Angst und wollte aufschreien, um die Stille zu durchbrechen, aber sie brachte keinen Ton hervor.

Sie hörte nicht das leise Klopfen an der Tür und merkte zunächst auch nicht, dass Anacleto ins Zimmer gekommen war, der jetzt ihre Hand in der seinen hielt. Nach der langen furchtbaren Stille, die sicher über eine Minute gedauert hatte, begann ihr Herz wieder zu schlagen, und die Falten ihres Nachthemdes hoben und senkten sich über ihrer Brust.

»Geht's Ihnen nicht gut?«, fragte Anacleto in einem heiteren, aufmunternden Ton. Aber sein Gesicht mit der hochgezogenen Oberlippe über den entblößten Zähnen hatte den gleichen kränklichen und traurigen Ausdruck wie ihr eigenes.

»Ich hatte solche Angst«, sagte sie. »Ist etwas passiert?«

»Nichts ist passiert. Sehen Sie mich doch nicht so ängstlich an!« Er zog sein Taschentuch aus der Jacke, tauchte es in ein Glas Wasser und legte es ihr auf die Stirn. »Ich gehe runter und hole meine Utensilien und bleibe dann bei Ihnen, bis Sie schlafen.«

Außer seinen Wasserfarben brachte er ein Tablett mit heißer Ovomaltine. Er machte Feuer im Kamin und rückte den Spieltisch davor. Seine Anwesenheit beruhigte sie, und erleichtert seufzte sie auf. Nachdem er ihr das Tablett aufs Bett gestellt hatte, machte er es sich am Spieltisch bequem und schlürfte ganz gemächlich seine Tasse Ovomaltine. Anacleto wusste fast jeder Situation eine festliche Seite abzugewinnen, das mochte sie so an ihm. Er verhielt sich, als habe er nicht aus Mitgefühl in tiefster Nacht sein Bett verlassen, um einer kranken Frau Gesellschaft zu leisten, sondern als hätten sie gemeinsam beschlossen, gerade jetzt eine kleine Party zu feiern. Wenn sie etwas Unangenehmes erledigen mussten, so hielt er hinterher immer eine kleine Überraschung bereit. Und jetzt saß er da, eine weiße Serviette auf den Knien, und trank seine Ovomaltine so feierlich, als wäre es der kostbarste Wein. Dabei war das Zeug ihm genauso zuwider wie ihr, und er kaufte es nur wegen der glühenden Anpreisungen auf dem Etikett der Blechdose.

»Bist du müde?«, fragte sie.

»Ganz und gar nicht!« Aber das bloße Wort ›müde‹ machte ihn so schläfrig, dass er in einem fort gähnte. Taktvoll wandte er sich ab und tat so, als habe er den Mund nur geöffnet, um mit dem Zeigefinger seinen neuen Weisheitszahn abzutasten. »Ich habe mich heute Nachmittag einen Augenblick hingelegt, und heute Nacht habe ich auch etwas geschlafen. Ich habe von Catherine geträumt.«

Alison konnte nie an ihr Baby denken, ohne von Liebe und Trauer überwältigt zu werden, und unerträglich schwer lasteten diese Gefühle auf ihrer Brust. Es war nicht wahr, dass die Zeit den Schmerz des Verlusts linderte. Sie hatte jetzt mehr Gewalt über sich, aber das war auch alles. Nach jenen elf Monaten der Freude, der Ungewissheit und des Leids war es ihr eine Zeitlang sehr schlecht gegangen. Catherine war auf dem Kirchhof ihrer damaligen Garnison beerdigt worden, und lange

Zeit hatte das Bild des kleinen Körpers in seinem Sarg Alison verfolgt. Schließlich hatte der Gedanke an den langsamen Verfall des winzigen einsamen Gerippes ihre Nerven so zerrüttet, dass sie nach endlosen Formalitäten den Sarg wieder ausgraben ließ. Die sterblichen Überreste hatte sie nach Chicago ins Krematorium bringen lassen. Dann hatte sie die Asche im Schnee verstreut. Jetzt waren von Catherine nur noch die Erinnerungen übrig, die sie mit Anacleto teilte.

Alison wartete, bis ihre Stimme die nötige Festigkeit hatte, dann fragte sie: »Was hast du denn geträumt?«

»Es war merkwürdig«, sagte er ruhig. »Zuerst war sie ein Schmetterling in meinen Händen. Dann hielt ich sie auf meinem Schoß und streichelte sie … dann bekam sie plötzlich Krämpfe … und Sie versuchten, das heiße Wasser laufen zu lassen.«

Anacleto öffnete seinen Malkasten und legte das Papier, seine Pinsel und seine Farben zurecht. Das Kaminfeuer erhellte sein blasses Gesicht, und seine dunklen Augen glühten. »Dann änderte sich der Traum, und statt Catherine hatte ich einen der Stiefel des Majors auf den Knien, die ich heute zweimal putzen musste. Im Stiefel wimmelte es vor lauter glitschigen neugeborenen Mäusen, und ich versuchte, sie im Stiefel zurückzuhalten, damit sie nicht alle auf mir herumkröchen. Brrr! Es war genauso wie …«

»Bitte hör auf, Anacleto!«, sagte sie schaudernd.

Er begann zu malen, und sie sah ihm zu. Er tauchte einen Pinsel in das Glas, worauf sich eine lavendelfarbene Wolke im Wasser ausbreitete. Nachdenklich beugte er sich über das Blatt, verharrte kurz und zog dann rasch ein paar Striche mit dem Lineal. Als Maler war Anacleto entschieden begabt – davon war sie überzeugt. Auch sonst war er sehr kunstfertig, meist aber imitierte er nur seine Umgebung – fast wie ein kleiner Affe, wie Morris sich ausdrückte. Seine Aquarelle und Zeichnungen waren jedoch durchaus originell. Als sie seinerzeit in der Nähe von New York stationiert waren, hatte er die Nachmittagskurse der ›Kunstvereinigung‹ besucht; und als auf einer Ausstellung viele Leute umkehrten, um seine Bilder noch einmal zu betrachten, war sie sehr stolz, aber überhaupt nicht überrascht gewesen.

Seine Bilder waren zugleich primitiv und raffiniert und übten einen seltsamen Zauber auf den Betrachter aus. Alison konnte ihn aber nicht dazu bringen, seine Begabung wirklich ernst zu nehmen und fleißig zu arbeiten.

»Es ist merkwürdig«, sagte er leise, »wie verschieden doch Träume sind. Nachmittags auf den Philippinen, wenn die Sonne ins Zimmer scheint und die Kissen feucht sind, träumt man ganz anders als nachts im Norden, wenn es schneit…«

Aber Alison war wieder mit ihren Sorgen beschäftigt und hörte ihm nicht mehr zu.

»Sag mal«, unterbrach sie ihn plötzlich. »Als du wütend warst heute Morgen und sagtest, du würdest in Quebec ein Wäschegeschäft aufmachen – wie bist du darauf gekommen?«

»Sie wissen doch, dass ich immer schon nach Quebec fahren wollte. Und ich kann mir nichts Schöneres denken, als mit schönen Stoffen zu arbeiten.«

»Und das ist alles, was dir durch den Kopf gegangen ist…«, sagte sie. Da ihre Worte nicht den Tonfall einer Frage hatten, gab er keine Antwort. »Wie viel Geld hast du auf der Bank?«

Er dachte einen Augenblick nach, den Pinsel überm Wasserglas. »Vierhundert Dollar und sechs Cent. Soll ich es abheben?«

»Noch nicht. Später können wir das Geld vielleicht brauchen.«

»Machen Sie sich doch um Gottes willen keine Gedanken«, sagte er. »Es nützt ja doch nichts.«

Der rötliche Widerschein des Kaminfeuers und das graue Spiel der Schatten erfüllten das Zimmer. Die Uhr machte ein kurzes surrendes Geräusch und schlug dann drei.

»Passen Sie auf!«, sagte Anacleto plötzlich, knüllte das Zeichenblatt zusammen und warf es ins Feuer. Dann saß er, das Kinn in die Hände gestützt, grübelnd da und starrte in die glühenden Scheite. »Ich sehe einen giftig grünen Pfau, mit nur einem einzigen riesigen goldenen Auge. Und darin spiegelt sich etwas ganz Winziges und...«

Die Hand in die Höhe gereckt, Daumen und Zeigefinger aneinandergelegt, suchte er nach dem passenden Ausdruck. Deutlich zeichnete sich der Schatten seiner Hand auf der Wand ab. »Winzig und...«

»Grotesk«, setzte sie hinzu.

Er nickte kurz: »Genau.«

Als er schon wieder mit Malen beschäftigt war, hörte er ein leises Geräusch in dem schweigenden Zimmer – vielleicht war es aber auch nur die Erinnerung an den Tonfall ihres letzten Wortes –, und er drehte sich um. »Nicht doch!«, rief er. Und als er zu ihr hinstürzte, warf er sein Wasserglas um, das auf der Steinplatte vor dem Kamin zerschellte.

Private Williams war in dieser Nacht nur eine Stunde lang im Schlafzimmer der ›Lady‹ gewesen. Solange die Party dauerte, wartete er am Rand des Waldes. Als sich dann die meisten Gäste verabschiedet hatten, blieb er vor dem Fenster des Wohnzimmers stehen, bis die Frau des Hauptmanns nach oben und zu Bett gegangen war. Später betrat er das Haus – wie immer durch die Hintertür. Auch diese Nacht schien der Mond hell und silbern ins Zimmer. Die ›Lady‹ lag auf der Seite, das ovale Gesicht zwischen den recht derben Händen. Sie trug ein seidenes Nachthemd und hatte die Decke bis zu den Hüften hinuntergeschoben. Lautlos hockte sich der junge Soldat neben das Bett. Einmal streckte er vorsichtig die Hand aus und befühlte mit Daumen und Zeigefinger den glatten Seidenstoff ihres Hemdes. Als er das Zimmer betrat, blieb er zunächst eine Weile vor dem Toilettentisch stehen und besah sich die Fläschchen, Puderdosen und sonstigen Schönheitsmittel. Ein Parfümzerstäuber interessierte ihn so sehr, dass er ans Fenster trat und ihn mit verdutzter Miene genau untersuchte. Auf dem Tisch stand eine Untertasse mit einem angenagten Hühnerschenkel. Der Soldat roch daran und biss ein Stück ab.

Jetzt hockte er im Mondlicht: die Augen halb geschlossen und ein Lächeln auf den feuchten Lippen. Einmal drehte die Frau des Hauptmanns sich im Schlaf auf die andere Seite und streckte seufzend ihre Glieder. Neugierig berührte der Soldat eine braune, über das Kissen gefallene Haarsträhne mit seinen Fingern.

Es war kurz nach drei, als Private Williams sich plötzlich aufrichtete. Er sah sich um und schien auf etwas zu lauschen. Er begriff nicht gleich, was der Grund seiner Unruhe war. Dann sah er, dass im Nachbarhaus das Licht angegangen war, und hörte in der Stille der Nacht eine Frau weinen. Später hielt ein Auto vor dem erleuchteten Haus. Private Williams glitt geräuschlos in die Halle. Die Tür zum Zimmer des Hauptmanns war geschlossen. Wenige Augenblicke danach ging er langsam den Waldrand entlang.

Der Soldat hatte während der letzten beiden Tage und Nächte kaum geschlafen, und seine Augen waren vor Übermüdung geschwollen. Er umging den Posten und nahm querfeldein den kürzesten Weg zur Kaserne. Der Wache begegnete er nicht. Als er auf seiner Pritsche lag, fiel er sogleich in einen tiefen Schlaf. Aber gegen Morgen hatte er, zum ersten Mal seit Jahren, einen Traum und schrie im Schlaf. Ein Soldat wachte davon auf und warf einen Stiefel nach ihm.

Da Private Williams unter seinen Kameraden keine Freunde hatte, hatte sich niemand um seine nächtlichen Ausflüge gekümmert. Man nahm an, er habe eine Frau kennengelernt. Viele Soldaten waren heimlich verheiratet und blieben manchmal über Nacht in der Stadt bei ihren Frauen. Um zehn

Uhr ging in den langen überfüllten Schlafräumen das Licht aus, aber nicht alle Männer waren um diese Zeit schon im Bett. Manchmal, besonders nach dem Monatsersten, wurde auf den Latrinen die ganze Nacht hindurch Poker gespielt. Nur ein Mal war Private Williams der Wache auf seinem Heimweg begegnet; da er aber schon seit zwei Jahren bei der Armee war und der diensthabende Soldat ihn kannte, hatte man ihn nicht angehalten.

In den folgenden Nächten blieb Private Williams in der Garnison und schlief sich aus. Spätnachmittags saß er allein auf einer Bank vor der Kaserne, und abends ging er ins Kino oder in die Turnhalle, die sich nach Einbruch der Dunkelheit in eine Rollschuhbahn verwandelte. Es wurde Musik gespielt, und in einer Ecke konnte man sich verschnaufen und Bier trinken. Zum ersten Mal in seinem Leben trank Private Williams ein Glas Alkohol. Mit lautem Geklapper fuhren die Männer im Kreis herum, und die Luft roch durchdringend nach Bohnerwachs und Schweiß. Drei altgediente Soldaten waren überrascht, als Private Williams seinen Tisch verließ und sich zu ihnen setzte. Der junge Soldat sah ihnen gerade ins Gesicht und wollte sie offenbar etwas fragen. Dann aber sagte er doch kein Wort und ging nach kurzer Zeit wieder weg.

Private Williams war schon immer ungesellig gewesen, die Hälfte seiner Schlafgenossen kannte nicht einmal seinen Namen. Und tatsächlich war der Name, den er im Heer führte, nicht einmal sein eigener. Bei seiner Einschreibung hatte ein ruppiger alter Sergeant seine Unterschrift ›L. G. Williams‹ angestarrt und dann losgebrüllt: »Schreib deinen vollen Namen, du rotznäsiger Bauernlümmel!« Der junge Soldat rückte erst nach einer Weile damit heraus, dass die beiden Initialen ›L. G.‹ sein ganzer Vorname seien. »Mit so einem lächerlichen Namen kann man nicht ins amerikanische Heer eintreten«, sagte der Sergeant. »Ich werde daraus ›E-l-l-g-e-e‹ machen. Einverstanden?« Private Williams nickte, und der Sergeant brach über diese Gleichgültigkeit in schallendes Gelächter aus. »Jetzt schickt man uns schon die Schwachsinnigen«, brummte er und wandte sich wieder seiner Arbeit zu.

Es war November, und seit zwei Tagen hatte es heftig gestürmt. Über Nacht hatte der Wind die jungen Ahornbäume längs der Bürgersteige entblättert. Ein goldener Teppich aus Laub bedeckte die Erde, und am Himmel zogen große weiße Wolken rasch vorüber. Am nächsten Tag ging ein kalter Regen nieder. Die feuchten Blätter färbten sich dunkel, wurden zertrampelt, durch die nassen Straßen geschleppt und endlich zusammengefegt.

Dann klarte der Himmel wieder auf, und die kahlen Zweige der Bäume zeichneten sich vor dem Himmel ab. Frühmorgens lag Reif auf dem toten Gras.

Nach vier Ruhetagen kehrte Private Williams zum Haus des Hauptmanns zurück; und da er mittlerweile die Gepflogenheiten des Hauses kannte, wartete er nicht, bis der Hauptmann zu Bett gegangen war. Um Mitternacht, während der Offizier noch in seinem Zimmer arbeitete, ging er nach oben ins Schlafzimmer der ›Lady‹ und blieb eine Stunde dort. Dann stellte er sich vor das Fenster des Arbeitszimmers und beobachtete den Hauptmann, bis dieser um zwei Uhr nach oben ging. Der Soldat wusste nicht, was es war, aber irgendetwas hatte sich verändert.

Bei seinen Nachtwachen vor dem Arbeitszimmer des Hauptmanns und im Zimmer der ›Lady‹ empfand der Soldat keine Furcht. Er fühlte, aber er dachte nicht. Er gab sich dem Erleben hin, ohne sich Rechenschaft über seine Handlungen abzulegen. Vor fünf Jahren hatte L. G. Williams einen Mann getötet. Bei einem Streit um eine Schubkarre mit Dünger hatte er einen Neger erstochen und den Leichnam dann in einem verlassenen Steinbruch versteckt. Er hatte in einem Wutanfall zugestoßen und konnte sich noch genau an die grellrote Farbe des Blutes erinnern, und wie schwer der schlaffe Körper gewesen war, als er ihn durch den Wald schleppte. Er erinnerte sich daran, wie heiß die Sonne an jenem Julinachmittag brannte und dass es nach Staub und Tod roch. Er empfand damals eine gewisse Verwunderung und einen dumpfen Kummer, aber keine Furcht; und bis heute war ihm nicht zu Bewusstsein gekommen, dass er ein Mörder war. Unser Geist gleicht einem verschlungenen Gewebe, seine Färbung ist durch unsere Sinneserfahrungen geprägt, sein Muster webt unser Verstand. Der Geist des Soldaten Williams war reich an Farben von oft seltsamer Tönung, aber ohne klare Linien, ohne Form.

In diesen ersten Wintertagen wurde dem Soldaten Williams nur eines bewusst: Er merkte, dass der Hauptmann ihn verfolgte. Zweimal täglich machte der Hauptmann, dessen Gesicht immer noch gerötet und verbunden war, einen kurzen Ritt in die Umgebung. Wenn er dann das Pferd in die Box gebracht hatte, hielt er sich noch eine Weile vor den Ställen auf. Dreimal hatte Private Williams sich auf seinem Weg zur Kantine umgeblickt. Der Hauptmann ging nur fünf Meter hinter ihm. Es konnte kein Zufall sein, dass sich ihre Wege ständig kreuzten. Einmal blieb der Soldat bei einer solchen Begegnung stehen und sah sich um. Kurz darauf blieb auch der Hauptmann stehen und wandte sich um. Es dämmerte bereits, und der winterliche Himmel färbte sich blassviolett. Die Augen des Hauptmanns blickten ruhig und grausam und glänzten. Fast eine Minute verging, ehe sie sich im selben Moment abwandten und ihrer Wege gingen.

IV

In einer Garnison ist es für einen Offizier nicht einfach, persönliche Beziehungen zu einem Soldaten zu knüpfen. Das wurde Hauptmann Penderton bald klar. Hätte er als gewöhnlicher Linienoffizier wie Major Morris Langdon eine Kompanie, ein Bataillon oder ein Regiment befehligt, so wäre ein gewisser Umgang mit den ihm unterstellten Leuten etwas Selbstverständliches gewesen. Und so kannte Major Langdon denn auch den Namen und das Gesicht fast jedes ihm untergebenen Soldaten. Für Hauptmann Penderton aber, der an der Militärschule unterrichtete, war die Situation eine ganz andere. Nur wenn er ausritt (und der Hauptmann ritt in jenen Tagen geradezu tollkühn), konnte er Kontakt mit dem verhassten Soldaten aufnehmen.

Der Hauptmann fühlte den brennenden Wunsch, irgendeinen Berührungspunkt zu schaffen. Ununterbrochen quälte ihn der Gedanke an den Soldaten. Er ging, sooft er's nur ohne aufzufallen tun konnte, zu den Stallungen. Private Williams sattelte das Pferd für ihn und hielt ihm beim Aufsitzen die Zügel. Wusste der Hauptmann im Voraus, dass er den Soldaten treffen würde, so schwindelte ihm. Und bei ihren kurzen, unpersönlichen Begegnungen ließen ihn seine Sinne im Stich, so dass er, wenn der Soldat ihm nahe kam, weder richtig zu sehen noch zu hören vermochte. Erst wenn er fortgeritten und wieder allein war, wurde ihm das Erlebte nach und nach klar. Der Gedanke an das Gesicht des jungen Mannes, seinen trüben Blick, die vollen, sinnlichen und fast immer feuchten Lippen und die kindischen Ponyfransen – all das war ihm unerträglich. Er hatte den Soldaten selten sprechen hören; und doch hatte sich der Klang seiner Stimme, der breite Akzent des Südstaatlers, in seinem Kopf festgesetzt wie eine lästige Melodie.

Spätnachmittags ging der Hauptmann in den Straßen zwischen den Ställen und der Kaserne spazieren, in der Hoffnung, dem Soldaten Williams zu begegnen. Sah er ihn aus der Ferne lässig federnd daherkommen, zog sich dem Hauptmann die Kehle so stark zusammen, dass er kaum schlucken konnte. Standen sie sich dann gegenüber, starrte der Soldat jedes Mal über die Schulter des Hauptmanns hinweg ins Leere und grüßte mit langsam und nachlässig erhobener Hand. Als sie wieder einmal aufeinander zugingen, sah der Hauptmann, wie der Soldat einen Schokoladenriegel auswickelte und das Papier achtlos auf den frischgemähten Grasstreifen neben dem Gehsteig fallen ließ. Der Hauptmann ärgerte sich dermaßen darüber, dass er nach ein paar Schritten umkehrte, das bunte Papier aufhob und in seine Tasche steckte.

Hauptmann Penderton, der im Allgemeinen ein sehr strenges und nüchternes Leben führte, fragte sich nicht nach der Ursache seines sonderbaren Hasses. Ein- oder zweimal war er nach einer zu hohen Dosis Seconal sehr spät aufgewacht, dann hatte er über sein Verhalten in der letzten Zeit nachgedacht und sich sehr unwohl dabei gefühlt. Der Anstrengung einer wirklichen inneren Auseinandersetzung war er ausgewichen.

Eines Nachmittags fuhr er an der Kaserne vorbei und sah den Soldaten allein auf einer Bank sitzen. Er parkte seinen Wagen in einiger Entfernung und beobachtete den Soldaten von seinem Sitz aus. Der Soldat saß zusammengesunken da, als wäre er kurz vor dem Einnicken. Der Himmel war blassgrün, und die Bäume warfen scharfe lange Schatten im Licht der untergehenden Wintersonne. Der Hauptmann beobachtete den Soldaten, bis zum Essen gerufen wurde. Als Private Williams dann in der Kantine verschwand, saß er immer noch in seinem Wagen und sah zur Kaserne hinüber.

Es wurde dunkel, und drinnen gingen zahllose Lichter an. Unten, in einem der Gemeinschaftsräume, sah der Hauptmann, wie die Männer Billard spielten oder Zeitschriften lasen. Er stellte sich vor, wie die hungrigen Soldaten an den langen Tischen der Kantine vor ihren dampfenden Schüsseln saßen, aßen, lachten und miteinander plauderten. Der Hauptmann kannte dieses Leben nicht aus eigener Erfahrung und ließ seiner Phantasie freien Lauf. Er interessierte sich sehr fürs Mittelalter und hatte sich eingehend mit dem europäischen Feudalismus befasst, und sein Bild vom Soldatenleben war stark davon geprägt. Als er an die zweitausend Männer dachte, die in dem großen Kubus zusammenlebten, fühlte er sich plötzlich einsam. Er saß in seinem dunklen Wagen und starrte in die erleuchteten wimmelnden Räume hinein, aus denen Geschrei und Gelächter drang, und plötzlich füllten sich seine glasblauen Augen mit Tränen. Ein bittres Gefühl der Verlassenheit nagte an ihm, und er fuhr schnell nach Hause.

Leonora Penderton lag in der Hängematte am Waldrand, als ihr Mann zurückkam. Sie ging ins Haus, um Susie in der Küche zu helfen. An diesem Abend wollte sie zu Hause essen und dann zu einer Party fahren. Ein Freund hatte ihnen ein halbes Dutzend Wachteln geschickt, und Leonora nutzte die Gelegenheit, um Alison, die vor über zwei Wochen einen Herzanfall gehabt hatte und seitdem das Bett hüten musste, etwas zu essen zu bringen. Leonora und Susie machten ein großes silbernes Tablett zurecht: Auf einem Teller arrangierte sie zwei Wachteln und verschiedene Gemüse, deren Säfte zusammenliefen und einen kleinen Teich bildeten. Es gab noch eine Menge anderer Leckereien; und als Leonora sich mit dem großen Tablett auf den Weg machte, trug Susie noch einen vollen Teller hinter ihr her.

»Warum hast du Morris nicht mitgebracht?«, fragte der Hauptmann, als sie zurückkam.

»Er war schon fort«, sagte Leonora. »Stell dir vor, der Ärmste muss im Offiziersklub essen!«

Sie hatten sich für die Abendgesellschaft umgezogen und plauderten im Salon vor dem Kamin, auf dem eine Flasche Whisky und zwei Gläser standen. Leonora trug ihr rotes Crêpekleid und der Hauptmann seinen Smoking. Der Hauptmann war nervös und klingelte unablässig mit den Eiswürfeln in seinem Glas. »Ha!«, sagte er plötzlich, »heute habe ich etwas Lustiges gehört«. Er legte den Zeigefinger an die Nase, fletschte die Zähne und genoss seine Pointe im Voraus. Der Hauptmann hatte einen entschiedenen Sinn für Humor und eine sehr scharfe Zunge.

»Vor kurzem wurde der General persönlich ans Telefon gebeten; und der Adjutant, der Alisons Stimme zu erkennen glaubte, schaltete ohne weiteres durch. ›Herr General‹, sagte die Stimme sehr höflich und wohlgesetzt, ›ich hätte eine Bitte vorzutragen, und zwar wäre ich Ihnen sehr verbunden, wenn Sie es einrichten könnten, dass jener Soldat nicht jeden Morgen um sechs Uhr Reveille bläst; er stört Mrs. Langdons Ruhe.‹ Es folgte eine längere Pause. Dann sagte der General: ›Verzeihen Sie, aber ich glaube, nicht ganz verstanden zu haben.‹ Die Bitte wurde wiederholt. Es folgte eine noch längere Pause. ›Wollen Sie mir bitte sagen‹, fragte der General endlich, ›mit wem ich die Ehre habe?‹ Die Stimme antwortete: ›Hier spricht der *garçon de maison* von Mrs. Langdon, Anacleto. Ich danke Ihnen.‹«

Der Hauptmann, der nicht gern über seine eigenen Witze lachte, wartete auf Leonoras Lachen. Aber Leonora lachte nicht – sie hatte offenbar nichts verstanden.

»Wie hat er sich genannt?«, fragte sie.

»Er hat versucht, *houseboy* auf Französisch zu sagen.«

»Und Anacleto, sagst du, hat wirklich den General wegen der Reveille angerufen? Da hat er sich selbst übertroffen. Ich kann's kaum glauben.«

»Was für eine lange Leitung!«, sagte der Hauptmann. »Es ist ja nicht wirklich passiert, sondern nur ein Witz.«

Leonora verstand die Pointe nicht, da sie selbst ganz ohne Bosheit war. Außerdem fiel es ihr immer etwas schwer, sich eine Situation vorzustellen, an der sie nicht selber irgendwie beteiligt war.

»Wie gemein!«, sagte sie. »Wenn's nicht passiert ist, warum es dann extra erfinden? Es macht Anacleto nur lächerlich. Wer hat sich das denn ausgedacht?«

Der Hauptmann zuckte mit den Schultern und trank sein Glas aus. Er hatte eine ganze Reihe lächerlicher Geschichten über Alison und Anacleto erfunden, die in der Garnison großen Beifall fanden. Das Ausschmücken und Zuspitzen dieser schändlichen Anekdoten machte dem Hauptmann viel Vergnügen. Allerdings gab er immer zu verstehen, dass er nur weitererzählte, was er von dritter Seite gehört habe. Das tat er weniger aus Bescheidenheit als aus Sorge, Morris Langdon könnte davon Wind bekommen.

An diesem Abend fand der Hauptmann an seiner neuen Geschichte selbst keinen Gefallen. Wie er so allein mit seiner Frau vor dem Kamin stand, befiel ihn wieder die gleiche Schwermut wie vorhin in seinem Wagen vor der erleuchteten Kaserne. Er sah in Gedanken die kräftigen braunen Hände des Soldaten und fühlte, wie es ihn innerlich fröstelte.

»Woran denkst du bloß immer?«, fragte Leonora.

»An gar nichts.«

»So siehst du aber weiß Gott nicht aus.«

Sie hatten mit Morris Langdon vereinbart, ihn in ihrem Wagen mitzunehmen, aber gerade als sie das Haus verlassen wollten, kam er selber, um sie auf ein Glas hinüberzubitten. Da Alison schlief, gingen sie nicht nach oben, sondern nahmen ihre Drinks im Esszimmer, und zwar in aller Eile, da es schon spät war. Als sie fertig waren, brachte Anacleto dem Major, der Uniform trug, seinen Umhang. Der kleine Filipino begleitete sie bis zur Tür und sagte sehr wohlerzogen: »Ich wünsche einen vergnüglichen Abend.«

»Danke gleichfalls«, sagte Leonora.

Der Major war weniger unbefangen und sah Anacleto misstrauisch an.

Als Anacleto die Tür geschlossen hatte, lief er ins Wohnzimmer, zog die Gardine etwas zurück und spähte hinaus. Die drei, von Anacleto unterschiedslos aus vollem Herzen gehasst, standen auf der Treppe vor dem Haus und zündeten sich ihre Zigaretten an. Anacleto beobachtete sie mit großer Ungeduld. Während sie in der Küche waren, hatte er sich etwas Herrliches ausgedacht. Er hatte drei Ziegelsteine aus dem Rosengarten am Ende des dunklen, zur Straße führenden Gartenwegs aufgestapelt und sah seine Feinde bereits wie Kegel durcheinanderpurzeln.

Als sie schließlich über den Rasen zum Wagen gingen, ärgerte er sich so sehr, dass er sich in den Daumen biss. Dann beseitigte er das Hindernis, denn er wollte nicht, dass jemand anderes ihm in die Falle ging.

Der Abend war wie alle anderen Abende. Die Pendertons und Major Langdon fuhren in den Poloklub zu einem Ball und amüsierten sich wie immer. Leonora hatte den üblichen Erfolg bei den jungen Leutnants; und Hauptmann Penderton fand bei einem verlängerten Whisky auf der Veranda Gelegenheit, seine neue Geschichte einem Artillerieoffizier zu erzählen, der allgemein als humorvoll galt. In der Halle plauderte der Major im Kreis seiner Freunde über Forellenfischen, Politik und Pferde. Da für den nächsten Morgen eine Schleppjagd angesetzt war, verabschiedeten die Pendertons und Major Langdon sich schon gegen elf. Um diese Zeit lag Anacleto, der eine Zeitlang bei seiner Herrin geblieben war und ihr eine Spritze gegeben hatte, schon in seinem Bett. Er stopfte sich immer mehrere Kissen in den Rücken, wie er's bei

Madame Alison gesehen hatte, obwohl er dann so unbequem lag, dass er kaum eine Nacht richtig durchschlief. Alison selber dämmerte vor sich hin. Der Major und Leonora schliefen um Mitternacht tief und fest, und Hauptmann Penderton hatte sich an seinen Schreibtisch gesetzt, um ein paar Stunden in Ruhe zu arbeiten. Für November war die Nacht warm. Der harzige Duft der Kiefern lag in der Luft. Es war vollkommen windstill, und die Schatten der Bäume lagen reglos und dunkel auf dem Rasen.

Um diese Stunde fühlte Alison, wie sie allmählich aus dem Halbschlaf erwachte. Eine Reihe seltsamer und erregender Träume hatte sie in ihre Kindheit zurückversetzt, und jetzt kämpfte sie gegen das langsam zurückkehrende Bewusstsein. Aber sie kämpfte vergebens und lag sehr bald mit weit geöffneten Augen im Dunkeln. Sie begann leise und nervös zu schluchzen. Und es klang so, als weinte nicht sie selber, sondern ein geheimnisvoller Unbekannter draußen in der Nacht. Sie hatte zwei schlimme Wochen hinter sich und war oft in Tränen ausgebrochen. Der Arzt hatte ihr gesagt, sie dürfe unter keinen Umständen das Bett verlassen, da ein neuer Anfall sie das Leben kosten könne. Sie hatte von ihrem Arzt keine besonders hohe Meinung und hielt ihn insgeheim für einen alten Quacksalber und obendrein für einen bemerkenswerten Dummkopf. Obwohl er Chirurg war, trank er reichlich; und als sie sich einmal gestritten hatten, ob Moçambique an der Westküste oder an der Ostküste von Afrika liege, hatte er auf der Westküste bestanden, bis sie einen Atlas holte und er klein beigeben musste. Deshalb hielt sie ebenso wenig von seinen Ansichten wie von seinen Ratschlägen. In der letzten Zeit war sie sehr unruhig gewesen. So hatte sie vor zwei Tagen plötzlich das unwiderstehliche Verlangen verspürt, Klavier zu spielen, war aufgestanden, hatte sich angezogen und war, sobald Anacleto und ihr Mann das Haus verlassen hatten, hinuntergegangen. Sie spielte eine Zeitlang und genoss die Abwechslung. Dann ging sie sehr langsam die Treppen wieder hinauf und in ihr Zimmer zurück. Und obwohl sie danach sehr erschöpft war, hatte es keine schlimmen Nachwirkungen gegeben.

Das Gefühl, in einer Falle zu sitzen – denn sie wusste, erst wenn es ihr besserginge, könnte sie ihre Pläne verwirklichen –, machte sie zu einer schwierigen Patientin. Anfangs hatte man eine Krankenschwester engagiert, die sich jedoch so schlecht mit Anacleto vertrug, dass sie schon nach einer Woche wieder kündigte. Alison litt an Wahnvorstellungen. An diesem Nachmittag hatte in der Nachbarschaft ein Kind geschrien, wie Kinder dies beim Spielen tun, worauf sie in Panik geriet und glaubte, das Kind sei von einem Auto überfahren worden. Sie schickte Anacleto sofort auf die Straße; und auch als er ihr versicherte, dass die Kinder nur ›Räuber und Gendarm‹ spielten, ließ sie die Angst nicht los. Tags zuvor hatte es in ihrem Zimmer nach Rauch gerochen, worauf sie fest davon überzeugt war, das Haus brenne. Und obwohl Anacleto jeden Winkel des Hauses genauestens inspiziert hatte, war sie doch nicht beruhigt. Jedes plötzliche Geräusch, jedes kleine Missgeschick machte sie weinen. Anacleto hatte all seine Nägel abgekaut, und der Major blieb so oft wie möglich dem Haus fern.

Als sie nun um Mitternacht weinend in ihrem dunklen Zimmer lag, glaubte sie, eine neue Wahnvorstellung zu haben. Sie blickte aus dem Fenster und sah wieder den Schatten eines Mannes auf dem Rasen hinter dem Haus der Pendertons. Er stand ganz still an eine Kiefer gelehnt. Nach einer Weile ging er quer über den Rasen und durch die Hintertür ins Haus hinein. Da kam ihr der schreckliche Verdacht, dass dieser Mann, der da zu Weldon Pendertons Frau hinüberschlich, obwohl Weldon unten in seinem Zimmer arbeitete, ihr eigener Mann sein musste – daran bestand kein Zweifel. Sie war außer sich, krank vor Zorn stand sie auf, ging ins

Badezimmer und erbrach sich. Dann zog sie einen Mantel über ihr Nachthemd und schlüpfte in ein Paar Schuhe.

Ohne zu zögern ging sie zu den Pendertons hinüber; und obwohl sie nichts so sehr fürchtete wie einen Skandal, fragte sie sich nicht einen Augenblick, wie sie sich in der Situation verhalten sollte, die sie nun heraufbeschwor. Sie betrat das Haus durch die Vordertür, die sie hinter sich zuwarf. In der Halle war es fast dunkel. Schwer atmend stieg sie die Treppe hoch. Leonoras Tür war offen, und Alison erblickte die Silhouette eines Mannes, der neben dem Bett kauerte. Sie ging in das Zimmer hinein und drehte das Licht an.

Der Soldat blinzelte in die plötzliche Helle, stützte sich auf die Fensterbank und richtete sich auf. Leonora bewegte sich im Schlaf, murmelte etwas und drehte sich zur Wand. Alison stand in der Tür; ihr Gesicht war verzerrt und kreideweiß vor Erstaunen. Dann ging sie, ohne ein Wort zu sagen, rückwärts aus dem Zimmer.

Hauptmann Penderton hatte gehört, wie die Haustür geöffnet und wieder zugeschlagen wurde. Er fühlte, dass irgendetwas nicht stimmte, aber sein Instinkt sagte ihm, dass er besser an seinem Schreibtisch sitzen bliebe. Er kaute an dem Radiergummi seines Bleistifts und wartete gespannt. Er hatte keine Ahnung, was vor sich ging, und war sehr erstaunt, als es an der Tür klopfte und, ehe er etwas sagen konnte, Alison sein Zimmer betrat.

»Was führt Sie denn um diese nächtliche Stunde her?«, fragte der Hauptmann mit einem nervösen Lachen.

Sie antwortete nicht sofort, sondern zog nur den Mantelkragen enger um ihren Hals. Als sie schließlich zu sprechen begann, klang ihre Stimme hölzern, als habe der Schock sie gelähmt. »Ich glaube, Sie sollten ins Zimmer Ihrer Frau hinaufgehen«.

Diese Mitteilung sowie Alisons seltsam vermummte Erscheinung beunruhigten den Hauptmann. Aber trotz seiner Erregung dachte er vor allem daran, dass er Haltung bewahren müsse. Blitzschnell durchzuckten ihn einander widersprechende Vermutungen. Ihre Worte konnten nur eines meinen: dass Morris Langdon in Leonoras Zimmer war. Aber so leichtsinnig konnten die beiden nicht sein! Und waren sie's doch – in welche Lage würde ihn das bringen! Der Hauptmann lächelte zuckersüß und beherrscht, und nichts verriet seinen Ärger, seine Zweifel und seine Unruhe.

»Kommen Sie, meine Liebe«, sagte er mütterlich besorgt, »Sie sollten nachts nicht so umherstreifen. Ich werde Sie nach Hause bringen.«

Alison warf dem Hauptmann einen langen bohrenden Blick zu. Vor ihrem inneren Auge schien sich ein Bild zu formen. Nach einiger Zeit sagte sie langsam: »Sie werden doch nicht im Ernst hier sitzen bleiben und nichts dagegen unternehmen, obwohl Sie alles wissen?«

Der Hauptmann beharrte auf seinem Vorschlag. »Ich bringe Sie nach Hause«, wiederholte er. »Sie sind ja ganz außer sich und wissen nicht, was Sie sagen.«

Er stand eilig auf und ergriff Alisons Arm. Das Gefühl ihres zerbrechlichen Ellbogens unter dem Mantel stieß ihn ab. Er brachte sie rasch die Treppe hinunter und über den Rasen zu ihrem Haus. Die Tür stand offen; trotzdem klingelte der Hauptmann energisch. Kurz darauf kam Anacleto in die Halle; und ehe der Hauptmann sich zurückziehen konnte, sah er, wie Morris aus seinem Zimmer trat und oben auf der Treppe erschien. Mit gemischten Gefühlen, halb verwirrt und halb erleichtert, ging er nach Hause und überließ es Alison, ihr sonderbares Verhalten zu erklären.

Am folgenden Morgen war der Hauptmann nicht sonderlich überrascht, als er erfuhr, dass Alison ihren Verstand nunmehr völlig verloren habe. Mittags wusste es schon die ganze Garnison. (Man sprach von einem ›Nervenzusammenbruch‹, aber jeder wusste, was sich dahinter verbarg.) Als der Hauptmann und Leonora hinübergingen, um ihre Hilfe anzubieten, sahen sie den Major mit einem Handtuch über dem Arm oben vor der verschlossenen Zimmertür seiner Frau stehen, wo er fast den ganzen Tag über geduldig ausgeharrt hatte. Seine hellen Augen waren vor Erstaunen weit aufgerissen, und er drehte und zupfte ständig an seinem Ohrläppchen. Als er nach unten kam, um sie zu begrüßen, schüttelte er ihnen seltsam förmlich die Hand und wurde dunkelrot.

Major Langdon sprach mit niemandem über die Details dieser Tragödie, nur dem Arzt erzählte er davon. Alison zerriss weder ihre Laken, noch hatte sie Schaum vor dem Mund, was nach Ansicht des Majors für alle Wahnsinnigen galt. Als sie um ein Uhr früh im Nachthemd ins Haus zurückkehrte, hatte sie einfach erklärt, dass Leonora nicht nur ihren Mann betrüge, sondern auch den Major, und zwar mit einem einfachen Soldaten. Sie werde, fuhr sie fort, ihrerseits die Scheidung einreichen. Und da sie kein Geld habe, wäre sie dem Major zu Dank verbunden, wenn er ihr die Summe von fünfhundert Dollar vorstrecken würde, zu einem Zinssatz von vier Prozent und mit Anacleto und Leutnant Weincheck als Bürgen. Auf seine verdutzten Fragen hin erklärte sie, dass sie gemeinsam mit Anacleto ein Geschäft aufmachen oder ein Krabben-fischerboot kaufen werde. Anacleto hatte ihren Schrankkoffer ins Zimmer geschafft und war die ganze Nacht unter ihrer Aufsicht mit Packen beschäftigt. Hin und wieder machten sie eine Pause, tranken heißen Tee und studierten auf einer Karte, wohin sie gehen wollten. Kurz vor Sonnenaufgang entschieden sie sich für Moultrieville in South Carolina.

Major Langdon war erschüttert. Lange Zeit stand er in einer Ecke von Alisons Zimmer und sah ihnen beim Packen zu. Er wagte nicht, den Mund aufzumachen. Später, als er ihre Äußerungen überdacht hatte und sich eingestehen musste, dass sie verrückt sei, nahm er ihre Nagelschere und die Feuerzange aus dem Zimmer mit. Dann ging er hinunter und setzte sich mit einer Flasche Whisky an den Küchentisch. Er weinte und sog die salzigen Tränen aus seinem durchnässten Schnurrbart. Er weinte, weil er sich um Alisons Gesundheit sorgte und um seine eigene Ehre. Je mehr er trank, desto unbegreiflicher wurde ihm sein Unglück. Er hob die Augen zur Decke und rief stöhnend durch die stille Küche: »O mein Gott, mein Gott...«

Dann schlug er seinen Kopf mehrmals gegen die Tischkante, bis sich eine Beule auf seiner Stirn bildete. Um halb sieben in der Frühe hatte er über einen Liter Whisky getrunken. Er duschte sich, zog sich an und rief Alisons Arzt an, einen alten Oberstabsarzt, mit dem er befreundet war. Später wurde noch ein anderer Arzt hinzugezogen. Beide Ärzte entzündeten Streichhölzer vor Alisons Nase und stellten ihr verschiedene Fragen. Während der Untersuchung hatte der Major ein Handtuch aus dem Badezimmer geholt und es sich über den Arm gehängt. Damit fühlte er sich für den Notfall gerüstet, was ihn irgendwie beruhigte. Ehe der Oberstabsarzt sich verabschiedete, redete er lange mit dem Major und verwendete dabei mehrmals das Wort ›Psychologie‹, wozu der Major jedes Mal müde mit dem Kopf nickte. Zum Schluss riet der Arzt, Alison so bald wie möglich in ein Sanatorium zu schicken.

»Aber hören Sie«, sagte der Major hilflos. »Keine Zwangsjacke oder so was Ähnliches. Sie verstehen schon ... etwas Gemütliches ... wo sie ihre Schallplatten hören kann. Sie wissen schon, was ich meine.«

Zwei Tage später war die Wahl auf eine Klinik in Virginia gefallen. In der Eile hatte man das Sanatorium mehr wegen seines erstaunlich hohen Preises als wegen seiner therapeutischen Reputation ausgesucht. Alison hörte schweigend und bedrückt zu, als man ihr den Plan auseinandersetzte. Natürlich würde Anacleto sie begleiten. Ein paar Tage darauf fuhren alle drei im Zug davon.

Das Sanatorium in Virginia nahm vorwiegend Patienten auf, die sowohl körperlich als auch geistig krank waren. Es sind bekanntlich Krankheiten einer besonderen Art, die gleichzeitig den Körper und den Geist angreifen. So gab es dort eine Reihe alter Herren, die sich in einem Zustand völliger Verwirrung befanden und Mühe hatten, ihre schwerfälligen Beine zu kontrollieren. Ferner ein paar morphinistische Damen und einige reiche junge Alkoholiker. Das Institut verfügte über eine prächtige Terrasse, auf der nachmittags Tee serviert wurde; der Park war sehr gepflegt und die Zimmer mit allem Luxus ausgestattet. Der Major war zufrieden und beinahe stolz darauf, dass er sich diese Unterbringung leisten konnte.

Alison nahm anfangs alles schweigend hin. Als man sich zum Abendessen begab, hatte sie mit ihrem Mann noch kein Wort gesprochen. Sie durfte am Tag ihrer Ankunft ausnahmsweise unten essen, musste aber vom nächsten Morgen an im Bett bleiben, bis sich der Zustand ihres Herzens verbesserte. Auf ihrem Tisch standen Kerzen und frische Rosen aus dem Treibhaus. Der Damast und die Bedienung waren erstklassig.

Alison schien diese Annehmlichkeiten jedoch

nicht zu bemerken. Als man sich zu Tisch setzte, ließ sie ihre Blicke einmal langsam durch den Saal schweifen und musterte mit ihren dunklen Augen die Leute an den anderen Tischen. Schließlich sagte sie ruhig und bitter: »Mein Gott, welch eine erlesene Gesellschaft!«

Major Langdon sollte dieses Abendessen nie vergessen. Es war das letzte Mal, dass er mit seiner Frau zusammen war. Am nächsten Morgen fuhr er sehr zeitig fort. Er unterbrach seine Reise in Pinehurst, wo er bei einem alten Polofreund übernachten wollte. Als er zu Hause ankam, wartete ein Telegramm auf ihn. Alison hatte in der zweiten Nacht einen Herzanfall gehabt und war tot.

In diesem Herbst wurde Hauptmann Penderton fünfunddreißig Jahre alt. Trotz seiner Jugend sollte er sehr bald Major werden, was eine entschiedene Anerkennung seiner Fähigkeiten bedeutete. Der Hauptmann hatte schwer gearbeitet und besaß in militärischer Hinsicht einen glänzenden Verstand, so dass viele Offiziere, darunter auch er selber, der Meinung waren, dass er eines Tages einen hochrangigen Generalsposten bekleiden werde. Gleichzeitig aber hatten die langjährigen Anstrengungen unverkennbare Spuren bei ihm hinterlassen. Er schien in diesem Herbst und besonders in den letzten

Wochen ungewöhnlich rasch gealtert zu sein. Unter seinen Augen lagen dunkle Schatten, und sein Gesicht hatte eine fleckige gelbliche Farbe. Auch machten seine Zähne ihm neuerdings viel zu schaffen. Der Zahnarzt hatte ihm gesagt, dass zwei untere Backenzähne gezogen werden müssten und er eine Brücke brauche. Aber der Hauptmann schob den Eingriff immer wieder hinaus, weil er fürchtete, dass es ihn zu viel Zeit kosten würde. Seine Miene war fast immer angespannt, und außerdem hatte er einen nervösen Tick entwickelt: Sein linkes Augenlid zuckte krampfhaft, was seine verhärmten Züge wie gelähmt wirken ließ.

Er befand sich in einem anhaltenden Zustand unterdrückter Erregung. Seine Fixierung auf den Soldaten wuchs sich allmählich zu einer Krankheit aus. Wie sich beim Krebs die aufsässigen Zellen heimtückisch und unberechenbar vermehren, bis sie zuletzt den Körper zerstören, so wucherten in seinem Kopf die Gedanken an den Soldaten. Gelegentlich erinnerte er sich erstaunt und bestürzt daran, wie er nach und nach in diesen Zustand geraten war. Begonnen hatte es mit dem Kaffee, den der Soldat aus Unachtsamkeit über seine neuen Hosen gegossen hatte. Dann kam das sinnlose Abholzen der Äste in seinem Garten, später der Zwischenfall nach dem Ausritt mit Firebird und dann ihre kurzen Begegnungen auf der Straße. Wie sein Ärger sich in Hass und der Hass sich in diese krankhafte Besessenheit hatte verwandeln können, das blieb dem Hauptmann verschlossen.

Ein merkwürdiges Traumbild hielt ihn gefangen. Da er äußerst ehrgeizig war, hatte er immer schon Freude daran gehabt, sich seine Beförderungen weit im Voraus auszumalen. So hatten, als er noch ein junger Kadett war, die Worte ›Oberst Weldon Penderton‹ für ihn einen angenehmen und vertrauten Klang, und im letzten Sommer hatte er sich vorgestellt, er wäre ein mächtiger und berühmter Korpskommandant. Gelegentlich hatte er sogar das Wort ›Generalmajor‹ vor sich hin geflüstert und dabei die Empfindung gehabt, dieser Rang sei ihm vorbestimmt: So selbstverständlich klang ihm die Anrede ›Generalmajor Penderton‹. In den letzten Wochen jedoch hatten diese eitlen Träumereien sich seltsam gewandelt. Eines Abends – oder vielmehr eines Morgens, denn es war gegen zwei Uhr früh – saß er völlig übermüdet an seinem Schreibtisch; und plötzlich hatte sein Mund wie ohne sein Zutun drei Wörter in die Stille des Zimmers hineingesprochen: »Private Weldon Penderton.« Diese Wörter und all das, was er damit verband, bereiteten ihm ein fast perverses Gefühl der Erleichterung und Zufriedenheit. Statt wie bisher von Titeln und Ehren zu träumen, schwelgte er nun in der Vorstellung, ein einfacher Soldat zu sein. In seinen Träumereien war er ein junger Mann – fast ein Zwillingsbruder jenes Soldaten, den er hasste – mit einem unverbrauchten elastischen Körper, dem selbst die schäbige Soldatenuniform nichts anhaben konnte, mit dichtem glänzenden Haar und runden wachen Augen ohne dunkle Schatten. Private Williams war in all diesen Wachträumen anwesend, genau wie die Kaserne, die Stimmen der Soldaten, die gemeinsam in der Sonne lagen und einander harmlose Streiche spielten.

Hauptmann Penderton hatte die Gewohnheit angenommen, jeden Nachmittag an dem Gebäude vorbeizugehen, in dem Private Williams sein Quartier hatte. Meistens sah er den Soldaten allein auf der immer gleichen Bank sitzen. Kam der Hauptmann ganz dicht an dem Soldaten vorbei, so erhob sich dieser widerwillig und salutierte nachlässig. Die Tage wurden kürzer, schon am späten Nachmittag begann es zu dunkeln. Nach Sonnenuntergang lag für kurze Zeit ein lavendelfarbener Nebel in der Luft.

Der Hauptmann sah dem Soldaten jedes Mal, wenn er an ihm vorbeiging, direkt ins Gesicht und verlangsamte seinen Schritt. Er wusste, der Soldat musste nunmehr begreifen, dass diese Nachmittagsspaziergänge ihm galten. Und er fragte sich, weshalb der Soldat ihm nicht auswich und sich keinen anderen Platz suchte. Die Tatsache, dass der Soldat sich in seinen Gewohnheiten nicht stören ließ, gab diesen täglichen Begegnungen jedes Mal den Beigeschmack eines Rendezvous, was die Erregung des Hauptmanns noch steigerte. War er an dem Soldaten vorbeigegangen, so musste er das Verlangen, wieder umzukehren, gewaltsam unterdrücken. Setzte er dann seinen Weg fort, so breitete sich in seinem Herzen eine schreckliche Wehmut und Trauer aus, über die er keine Gewalt hatte.

Im Haus des Hauptmanns hatte sich einiges verändert. Major Langdon war jetzt so eng mit den Pendertons verbunden, dass man ihn für ein Mitglied der Familie halten konnte, was dem Hauptmann und Leonora gleichermaßen angenehm war. Der Tod seiner Frau hatte den Major bestürzt und hilflos zurückgelassen. Seine heitere Gelassenheit war wie verflogen. Auch körperlich war er verändert. Wenn sie abends zu dritt am Kamin saßen, schien es, als wolle er sich absichtlich eine möglichst unbequeme Haltung aufzwingen, indem er seine Beine wie ein Verrenkungskünstler verknotete, eine seiner schweren Schultern in die Höhe zog und dabei ständig an seinem Ohrläppchen zupfte. Seine Gedanken und seine Reden kreisten jetzt ausschließlich um Alison und um sein früheres Leben, das ein so plötzliches Ende gefunden hatte. Er erging sich oft in trübsinnigen Allgemeinplätzen über Gott, die Seele, das Leiden und den Tod – lauter Dinge, deren bloße Erwähnung früher genügt hätte, ihn schweigsam und verlegen zu machen. Leonora kümmerte sich um ihn, verwöhnte ihn bei Tisch und hörte sich geduldig seine traurigen Betrachtungen an.

»Wenn Anacleto doch nur wiederkäme«, sagte er oft.

Am Morgen nach Alisons Tod war Anacleto aus dem Sanatorium verschwunden, und niemand hatte seither etwas von ihm gehört. Er hatte Alisons Koffer wieder gepackt und alle ihre Sachen in Ordnung gebracht. Dann war er einfach weggegangen. Als Ersatz hatte Leonora einen von Susies Brüdern, der kochen konnte, für den Major engagiert. Jahrelang hatte sich der Major einen einfachen farbigen Boy gewünscht, der zwar vielleicht seinen Schnaps trank und den Staub unter dem Teppich vergaß, der aber doch, bei Gott, zumindest nicht auf dem Klavier herumklimperte und nicht französisch parlierte. Susies Bruder war ein braver Junge, der auf einem mit Toilettenpapier umwickelten Kamm Musik machte, sich gelegentlich betrank und gutes Maisbrot buk. Aber trotzdem war der

Major nicht so zufrieden, wie er's erwartet hatte. Anacleto fehlte ihm, und er hatte seinetwegen ein quälend schlechtes Gewissen.

»Du weißt ja, dass ich Anacleto gern geärgert habe, indem ich ihm erzählt habe, was ich alles mit ihm tun würde, wenn er je als Soldat unter mein Kommando käme. Du glaubst doch nicht, dass der kleine Bengel das für bare Münze genommen hat? Ich habe ihn nur damit geneckt, aber irgendwie war ich immer der Ansicht, dass es für ihn das Allerbeste gewesen wäre, wenn er sich hätte anwerben lassen.«

Den Hauptmann ermüdeten die Gespräche über Alison und Anacleto. Es war ein Jammer, dass den widerwärtigen kleinen Filipino nicht auch ein Herzschlag dahingerafft hatte. Der Hauptmann hatte in jenen Tagen eigentlich alles satt. Die schweren südlichen Gerichte, die für Leonora und Morris ein besonderer Genuss waren, widerten ihn an. Die Küche war verdreckt, und Susie war unbeschreiblich schludrig. Der Hauptmann verstand etwas von guter Küche und kochte selber ausgezeichnet. Er schätzte das gute Essen von New Orleans und liebte vor allem die feine und ausgewogene französische Küche. Früher pflegte er häufig, wenn er allein im Haus war, in die Küche zu gehen und sich selber irgendeine Leckerei zuzubereiten.

Am liebsten aß er ein gut abgehangenes Filetsteak mit *Sauce béarnaise*. Dabei war der Hauptmann sehr schwer zufriedenzustellen. Wenn das Tournedos zu stark durchgebraten oder die Sauce auch nur leicht geronnen war, war er imstande, das ganze Essen in den Garten hinterm Haus zu tragen und dort zu vergraben. Jetzt aber hatte er seinen Appetit gänzlich verloren.

Leonora war an diesem Nachmittag ins Kino gegangen und hatte Susie weggeschickt. Er dachte sich, es würde ihm Vergnügen machen, etwas besonders Gutes zu kochen. Aber mitten bei der Zubereitung eines Risotto verlor er plötzlich jedes Interesse, ließ alles stehen und liegen und verließ das Haus.

»Ich kann mir Anacleto ganz gut beim Militär im Küchendienst vorstellen«, sagte Leonora.

»Alison meinte immer, dass ich das Thema aus bloßer Grausamkeit aufs Tapet brachte«, sagte der Major. »Das war aber nicht der Fall. Anacleto wäre als Soldat sicher nicht glücklich gewesen, aber es wäre ein Mann aus ihm geworden. Jedenfalls hätte er sich sehr bald all den Unfug aus dem Kopf geschlagen. Irgendwie nämlich habe ich es immer grässlich gefunden, dass ein erwachsener Mensch von dreiundzwanzig Jahren zu irgendeiner Musik herumtanzt und mit Wasserfarben malt. In der Armee hätten sie ihn verprügelt, und er wäre unglücklich gewesen. Aber dennoch wäre das besser gewesen als alles andere.«

»Sie sind also der Ansicht«, sagte Hauptmann Penderton, »dass jede Befriedigung, die der Normalität zuwiderläuft, anstößig ist und keine Freude bereiten darf. Es ist, kurz gesagt, besser, weil moralisch ehrenwert, für den vierkantigen Pflock, wie alle um das runde Loch herumzuscharwenzeln, als das regelwidrige viereckige Loch zu nehmen, einfach weil es zu ihm passt?«

»Genau das meine ich«, sagte der Major. »Sind Sie nicht auch dieser Ansicht?«

»Nein«, sagte der Hauptmann nach einer kurzen Pause. Mit erbarmungsloser Klarheit blickte der Hauptmann plötzlich auf den Grund seiner Seele und sah sich selbst. Aber diesmal sah er sich nicht so, wie ihn die anderen sahen, sondern als ein entstelltes puppenhaftes Wesen mit grotesken Zügen. Er empfand kein Mitleid bei diesem Anblick und nahm die Erscheinung hin, ohne etwas daran zu beschönigen oder zu entschuldigen. »Nein, ich bin nicht Ihrer Ansicht«, wiederholte er abwesend.

Major Langdon dachte über diese unerwartete Antwort nach, setzte aber das Gespräch nicht fort. Es war ihm schon immer schwergefallen, einen Gedanken über das erste Stadium einer These hinaus weiterzuverfolgen. Kopfschüttelnd kehrte er zu seinen eigenen Sorgen zurück. »Einmal wachte ich kurz vor Morgengrauen auf«, sagte er. »Ich sah in ihrem Zimmer Licht brennen und ging hinüber. Und da fand ich Anacleto auf dem Bettende sitzen, und beide sahen gespannt in irgendwas hinein und alberten herum. Und was war's?« Der Major drückte seine plumpen Finger gegen seine Augäpfel und schüttelte wiederum den Kopf. »Was glauben Sie? Sie warfen kleine Schnitzelchen in eine Schale mit Wasser – irgendeinen japanischen Schund, den Anacleto in einem billigen Warenhaus gekauft hatte. Diese Schnitzel öffnen sich im Wasser wie Blumen. Und damit amüsierten sie sich um vier Uhr morgens! Als ich dann auch noch über Alisons Pantoffeln stolperte, konnte ich mich nicht länger beherrschen und feuerte die beiden Pantoffeln mit einem Fußtritt durch das Zimmer. Alison war empört. Tagelang war sie mir gegenüber eiskalt. Und Anacleto schüttete Salz in die Zuckerschale, ehe er mir meinen Kaffee brachte. Das Ganze war sehr traurig. Was muss sie in diesen Nächten gelitten haben.«

»Sie geben's, und sie nehmen's wieder«, sagte Leonora, deren Bibelkenntnis mit ihrem Einfühlungsvermögen nicht Schritt halten konnte.

Auch Leonora hatte sich in den letzten Wochen verändert. Sie näherte sich jetzt ihrer vollen Reife. Ihr Körper schien in der kurzen Zeit ein wenig von seiner jugendlichen Muskelkraft verloren zu haben. Ihr Gesicht war fülliger geworden, und wenn sie entspannt war, strahlte sie eine träge Zärtlichkeit aus. Sie sah aus wie eine Frau, die mehrere gesunde Kinder zur Welt gebracht hat und in etwa acht Monaten ein weiteres Kind erwartet. Ihr Teint war immer noch frisch und zart; und obwohl sie allmählich rundlicher wurde, war doch nicht das geringste Zeichen von Schlaffheit an ihr. Dass die Frau ihres Liebhabers so plötzlich gestorben war, hatte sie erschüttert; und der Anblick des aufgebahrten Leichnams hatte sie so stark beeindruckt, dass sie nach dem Begräbnis noch tagelang nur zu flüstern wagte, selbst dann, wenn sie Lebensmittel bei ihrem Krämer bestellte. Sie behandelte den Major mit einer Art abwesender Zärtlichkeit und wiederholte alle heiteren Anekdoten über Alison, derer sie sich entsinnen konnte.

»Übrigens«, sagte plötzlich der Hauptmann, »was war eigentlich in jener Nacht, als sie in dein Zimmer kam? Was hat sie zu dir gesagt, Leonora?«

»Ich sagte dir schon, dass ich nicht einmal gemerkt habe, dass sie da war. Sie hat mich nicht geweckt.«

Aber damit war Hauptmann Penderton nicht zufrieden. Je mehr er über die Szene in seinem Arbeitszimmer nachdachte, desto seltsamer und bedeutsamer erschien sie ihm. Er zweifelte keinen Augenblick daran, dass Leonora die Wahrheit sagte; denn wenn sie einmal log, merkte man es sofort. Was aber hatte Alison ihm sagen wollen, und warum war er, als er wieder zu Hause war, nicht nach oben gegangen, um nachzusehen? Er fühlte, dass er irgendwo im Dunkel seines Unterbewusstseins die Antwort kannte, und je mehr er darüber nachdachte, desto unbehaglicher wurde ihm zumute.

»Ich erinnere mich, dass Alison mich einmal wirklich überrascht hat«, sagte Leonora, während sie ihre rosigen Schulmädchenhände am Kamin wärmte. »Eines Nachmittags waren wir alle nach North Carolina gefahren, nachdem wir bei deinem Freund – du weißt doch noch, Morris? – so köstliche Rebhühner gegessen hatten. Alison, Anacleto und ich gingen auf der Chaussee spazieren, und da kam ein kleiner Junge vorbei mit einem Ackergaul – eigentlich eher ein Maultier. Aber Alison gefiel der alte Zosse, und plötzlich wollte sie ihn reiten. Sie sprach den Jungen freundlich an und kletterte dann auf einen Meilenstein und schwang sich auf das Pferd – ohne Sattel und noch dazu in einem Kleid! Ich glaube, der Gaul war seit Jahren nicht geritten worden, und kaum saß sie oben, da legte er sich einfach hin und fing an sich zu wälzen. Ich dachte schon: Nun ist's aus mit Alison Langdon, und schloss die Augen. Aber keine Spur! Im nächsten Augenblick hatte sie ihn hochgebracht und trabte übers Feld, als wenn nichts passiert wäre. Das hättest du nie fertiggebracht, Weldon. Und Anacleto hüpfte herum wie eine betrunkene Krähe. Das war 'ne Überraschung, kann ich euch sagen!«

Hauptmann Penderton gähnte – nicht aus Müdigkeit, sondern um Leonora zu kränken, denn die Anspielung auf seine mäßigen Reitkünste ärgerte ihn. Es hatte zwischen dem Hauptmann und Leonora schon einige erbitterte Auseinandersetzungen um Firebird gegeben. Das Pferd hatte nach jenem Wahnsinnsritt nie wieder seine alte Form erreicht, und Leonora gab ihrem Mann die Schuld daran. Über den Ereignissen der beiden letzten Wochen hatten sie ihre Fehde ruhen lassen, und der Hauptmann war überzeugt, dass Leonora sie bald ganz vergessen würde.

Major Langdon schloss diese abendliche Unterhaltung mit einem seiner liebsten Aphorismen: »Jetzt gibt es nur noch zwei Dinge, die mir wichtig sind: ein gesunder Körper und das Vaterland.«

Das Haus des Hauptmanns war in jenen Tagen kein geeigneter Ort für jemanden, der sich in einer schweren seelischen Krise befand. Früher hätte der Hauptmann die Wehklagen des Majors lächerlich gefunden; jetzt aber war das Haus wie von Todesahnung erfüllt. Alison war tot, und er hatte das Gefühl, dass der Major, Leonora und er selbst auf geheimnisvolle Weise ebenfalls ihrem Ende entgegengingen. Seine alte Angst, dass Leonora sich von ihm scheiden lassen und mit Morris weggehen werde, trieb ihn nicht mehr um. Hatte er früher einmal für den Major eine gewisse Zuneigung empfunden, so erschien diese ihm jetzt im Vergleich zu seinen Gefühlen für den Soldaten wie eine bloße Laune.

Das Haus selber bereitete dem Hauptmann in diesen Tagen zunehmenden Verdruss. Die Zimmer waren recht beliebig möbliert. Im Wohnzimmer gab es das übliche, mit geblümtem Chintz bezogene Sofa, zwei Sessel, einen grellroten Teppich und einen ›antiken‹ Schreibtisch. Die schäbige Eleganz dieses Zimmers war dem Hauptmann ein Greuel. Die Spitzenvorhänge wirkten billig und waren obendrein schmutzig; und auf dem Kaminsims hatte sich ein ganzer Trödelladen versammelt: eine Prozession kleiner Elefanten aus falschem Elfenbein, ein Paar herrliche schmiedeeiserne Leuchter, ein grinsendes buntes Gipsfigürchen mit einer halben Wassermelone in der Hand und eine blaue mexikanische Glasschale, in der Leonora alte Visitenkarten verwahrte. Die Möbel waren von dem vielen Hin-und-her-Rücken ganz wackelig. Dieses typisch weibliche Wirrwarr verärgerte den Hauptmann so sehr, dass er sich so wenig wie möglich dort aufhielt. Heimlich sehnte er sich nach einem Leben in der Kaserne. Er stellte sich ordentlich aufgereihte Pritschen vor, den nackten Fußboden, kahle Fenster ohne Gardinen. An einer Wand dieses imaginären strengen und asketischen Raumes stand aus irgendeinem Grund auch eine alte geschnitzte Truhe mit Messingbeschlägen.

Auf seinen langen nachmittäglichen Spaziergängen war Hauptmann Penderton in einem Zustand übersteigerter Empfindsamkeit. Er ließ sich dahintreiben, ständig begleitet von dem quälenden Bild des jungen Soldaten. Er war in jenen Tagen besonders verwundbar; und obschon er sich den Menschen entfremdet fühlte, war doch alles, was er auf seinen Spaziergängen sah, für ihn von großer Wichtigkeit. Auch die allergewöhnlichsten Dinge schienen in irgendeiner mysteriösen Beziehung zu seinem Schicksal zu stehen. Und so konnte er beispielsweise einen gewöhnlichen Sperling, der sich im Rinnstein badete, minutenlang völlig selbstvergessen betrachten. Die einfache Fähigkeit, verschiedene Sinneseindrücke nach ihrer Bedeutung zu gewichten, war ihm in dieser Zeit abhandengekommen. Eines Nachmittags sah er, wie ein Lastauto in einen Personenwagen hineinfuhr, ohne dass dieser blutige Unfall ihn mehr beeindruckt hätte als der Anblick eines Stücks Zeitungspapier, das wenig später im Wind herumflatterte.

Seit einer Weile begriff er sein Gefühl für den Soldaten nicht mehr als Hass. Er suchte auch keine Rechtfertigung mehr für die Erschütterung, die ihn so rückhaltlos erfasst hatte. Er empfand keinen Hass, aber auch keine Liebe für den Soldaten, er war sich nur des unwiderstehlichen Verlangens bewusst, die Schranken zwischen ihnen niederzureißen. Sah er den Soldaten von fern vor der Kaserne sitzen, so drängte es ihn, ihm etwas zuzurufen oder ihn mit der Faust ins Gesicht zu schlagen, damit er nur einmal eine Reaktion zeige. Es war fast zwei Jahre her, dass er den Soldaten zum ersten Mal gesehen hatte; und mehr als ein Monat war vergangen, seit der Soldat beauftragt worden war, den Garten hinterm Haus abzuholzen. Während dieser ganzen Zeit hatten sie miteinander kaum mehr als einige Dutzend Worte gewechselt.

Am Nachmittag des zwölften November ging Hauptmann Penderton wie gewöhnlich aus. Er hatte einen anstrengenden Tag hinter sich. Am Vormittag hatte er, als er in der Offiziersklasse eine

taktische Aufgabe an der Tafel erläuterte, einen un-
erklärlichen Anfall von Gedächtnisschwäche gehabt. Mitten in einem Satz war er steckengeblieben
und konnte sich nicht mehr an den Rest der Vorlesung erinnern, und auch nicht an die Gesichter
seiner Zuhörer. Er sah nur den Soldaten Williams
sehr deutlich vor sich – das war alles. Eine Zeitlang
stand er, die Kreide in der Hand, ganz benommen
da. Dann hatte er genügend Geistesgegenwart, die
Klasse zu entlassen. Zum Glück war die Vorlesung
fast beendet, als ihm dieses Missgeschick passierte.

Der Hauptmann ging sehr steif einen der Bürgersteige entlang, der zur Kaserne führte. Das Wetter war an diesem Nachmittag höchst sonderbar.
Schwere Sturmwolken standen am Himmel, der sich
gegen den Horizont wieder aufhellte, wo freundlich
die Sonne schien. Der Hauptmann schwenkte seine
Arme, als hätten sie an den Ellbogen keine Gelenke,
und hielt seine Augen auf die Spitzen seiner spie-
gelblank gewichsten Schuhe gerichtet. Erst als er
vor der Bank stand, auf der Private Williams saß,
blickte er auf, starrte ihn ein paar Sekunden lang
an und trat dann auf ihn zu. Träge erhob sich der
Soldat und nahm Haltung an.

»Private Williams«, sagte der Hauptmann.

Der Soldat wartete, aber der Hauptmann sagte
nichts mehr. Er hatte den Soldaten wegen seiner

Kleidung tadeln wollen. Als er sich dem Soldaten näherte, schien es ihm, als sei er nicht in voller
Montur und habe seine Jacke verkehrt geknöpft.
Auf den ersten Blick sah es immer so aus, als sei
der Soldat nicht ordnungsgemäß uniformiert. Als
sich die beiden aber Auge in Auge gegenüberstan-
den, sah der Hauptmann, dass es nichts zu kriti-
sieren gab. Der Soldat hatte nicht gegen die Vor-
schriften verstoßen, es lag an seiner Statur, dass der
Eindruck von Nachlässigkeit entstehen konnte.
Wieder stand der Hauptmann stumm und blass vor
dem jungen Mann. In seinem Herzen rangen wilde
Flüche, Liebesworte, Bitten und Beschimpfungen
miteinander. Schließlich aber ging er, immer noch
schweigend, weiter.

Der drohende Regen begann nicht eher zu fallen,
bis Hauptmann Penderton beinah zu Hause war.
Es war kein sachter feiner Winterregen. Mit der
Heftigkeit eines sommerlichen Unwetters stürzte
das Wasser vom Himmel herab. Als die ersten
Tropfen fielen, war der Hauptmann nur zwanzig
Meter von seinem Haus entfernt und hätte sich mit
ein paar Sprüngen schnell ins Trockene retten können. Aber obwohl der eisig niederprasselnde Regen ihn völlig durchnässte, beschleunigte er seine
Schritte nicht. Als er die Haustür öffnete, zitterte
er am ganzen Leib, und seine Augen glänzten hell.

Private Williams ging in die Kaserne, als er den Regen kommen spürte. Bis zum Abendessen blieb er im Aufenthaltsraum und aß dann im Gewühl der Kantine ruhig seine reichliche Mahlzeit. Danach nahm er eine Tüte mit gemischten Süßigkeiten aus seinem Spind. Während er noch an einer Zuckerstange lutschte, ging er auf die Latrine und zettelte eine Prügelei an. Als er dort ankam, waren sämtliche Sitze bis auf einen besetzt; und vor ihm stand ein Soldat, der gerade seine Hosen aufknöpfte. Als der Mann sich hinsetzen wollte, versetzte Private Williams ihm einen groben Stoß und versuchte, ihn von seinem Platz zu drängen. Sofort waren sie von einem Grüppchen Schaulustiger umringt. Anfangs hatte Private Williams, der genauso stark wie geschickt war, die Oberhand. Sein Gesicht zeigte während des Kampfes weder Anstrengung noch Ärger. Seine Züge blieben gelassen, und nur der Schweiß auf seiner Stirn und der starre Ausdruck seiner Augen verrieten seine Anspannung. Er hielt seinen hilflosen Gegner umklammert; und der Kampf war schon so gut wie entschieden, als er plötzlich von ihm abließ. Er schien jedes Interesse verloren zu haben und verteidigte sich nicht einmal mehr. Er wurde kräftig durchgeprügelt und mit dem Kopf grob auf den Zementboden gestoßen. Als alles vorbei war, stand er ganz benommen auf und verließ die Latrine, ohne sie überhaupt benutzt zu haben.

Es war nicht das erste Mal, dass Private Williams Streit gesucht hatte. Während der beiden letzten Wochen war er jede Nacht in der Kaserne geblieben und hatte immer wieder für Unruhe gesorgt. Seinen Kameraden war diese Seite seines Charakters vollkommen neu. Stundenlang saß er starr und stumm da, um dann plötzlich und völlig grundlos jemanden zu beleidigen. Er ging in seiner Freizeit nicht mehr in den Wäldern spazieren, schlief schlecht, hatte böse Träume und störte die anderen durch sein Stöhnen. Aber niemand machte sich deswegen irgendwelche Gedanken. Es passierten noch weit merkwürdigere Dinge in der Kaserne. Ein alter Feldwebel schrieb jeden Abend einen Brief an Shirley Temple, in dem er, wie in einem Tagebuch, alles berichtete, was er tagsüber getan hatte. Am nächsten Morgen gab er dann den Brief vor dem Frühstück zur Post. Ein anderer Mann, der zehn Dienstjahre hinter sich hatte, sprang aus einem Fenster im dritten Stock, weil ein Freund ihm nicht fünfzig Cent für Bier hatte leihen wollen. Ein Koch, der in derselben Kompanie Dienst tat, bildete sich ein, Zungenkrebs zu haben – eine Zwangsvorstellung, die ihm kein Arzt ausreden konnte. Stundenlang saß er vorm Spiegel, streckte

die Zunge so weit heraus, dass er die Geschmacks-
knospen sehen konnte, und aß so wenig, dass er
zum Skelett abmagerte.

Nach der Prügelei ging Private Williams in den
Schlafsaal und legte sich auf seine Pritsche, schob
die Tüte mit den Süßigkeiten unters Kopfkissen
und starrte zur Decke empor. Der Regen hatte
nachgelassen, und es war Nacht geworden. Er hing
seinen Träumen nach. Er dachte an den Hauptmann, sah aber nur eine Reihe vager Bilder, die
keinen Sinn ergaben. Für diesen jungen Soldaten
aus den Südstaaten gehörten die Offiziere in die-
selbe Kategorie Wesen wie die Neger: Zwar waren
sie Teil seines Lebens, aber dennoch betrachtete er
sie nicht als menschliche Wesen wie seinesgleichen.
Er nahm die Existenz des Hauptmanns ebenso er-
geben hin wie das Wetter oder sonst eine Natur-
erscheinung. Das Benehmen des Hauptmanns war
vielleicht sonderbar, aber mit ihm hatte es nichts
zu tun, und so machte er sich darüber genauso wenig Gedanken wie über ein Gewitter oder über das
Welken einer Blume.

Seit jener Nacht, als das elektrische Licht ange-
dreht wurde und eine dunkle Frauengestalt ihn von
der Türschwelle aus ansah, war er nicht mehr zum
Haus des Hauptmanns gegangen. Damals hatte er
große Angst gehabt. Er verstand diese Angst nicht,

sie war ihm nicht bewusst, aber er spürte sie körperlich. Als er die Tür ins Schloss fallen hörte, hatte er sich vorsichtig umgeblickt und war aus dem Haus geschlüpft. Wieder im Wald und in Sicherheit, lief er lautlos und kopflos davon, ohne recht zu wissen, wovor er solche Angst hatte.

Die Erinnerung an die Frau des Hauptmanns blieb in ihm lebendig. Jede Nacht träumte er von der ›Lady‹.

Früher, kurz nach seinem Eintritt ins Heer, hatte er sich einmal eine Fleischvergiftung zugezogen und war ins Spital geschickt worden. Beim Gedanken an die böse Krankheit, die man sich bei Frauen holen konnte, zitterte er jedes Mal vor Entsetzen unter seiner Decke, wenn die Krankenschwester ihm nahe kam, und litt lieber stundenlang Schmerzen, als dass er sie um Hilfe gebeten hätte. Seit er jedoch die ›Lady‹ berührt hatte, war diese Furcht verschwunden. Jeden Tag striegelte und sattelte er ihr Pferd, half ihr in den Sattel und sah sie davonreiten. Frühmorgens war die Luft winterlich kalt, und die Frau des Hauptmanns hatte rosige Wangen und war bester Laune. Immer hatte sie ein freundliches oder witziges Wort für Private Williams. Aber er schaute ihr niemals in die Augen und entgegnete auch nichts auf ihre Scherze.

In seiner Phantasie sah er sie nie draußen in der

Natur oder bei den Stallungen, sondern immer in jenem nächtlichen Zimmer, wo er sie so hingebungsvoll betrachtet hatte. Seine Erinnerung an jene Stunden war rein sinnlicher Natur: der dicke Teppich unter seinen Füßen, die seidene Steppdecke, der leichte Parfümgeruch, die sanfte wohlige Wärme des Frauenkörpers, die stille Dunkelheit, die seltsame Süße in seinem Herzen und die gespannte Kraft in seinen Gliedern, wenn er dicht neben ihr am Boden hockte. Nachdem er all dies einmal erfahren hatte, wollte er es nicht wieder aufgeben. Ein dunkles, trunkenes Verlangen war in ihm erwacht, das seiner Erfüllung sicher – tödlich sicher war.

Um Mitternacht hörte der Regen auf. Lange vorher war in der Kaserne das Licht gelöscht worden. Private Williams hatte sich nicht ausgezogen, und als es nicht mehr regnete, zog er seine Tennisschuhe an und ging hinaus. Er schlug den gewohnten Weg am Waldrand entlang zum Haus des Hauptmanns ein.

Der Mond schien nicht in dieser Nacht, und trotzdem ging der Soldat viel schneller als sonst. Einmal verlief er sich; und als er endlich das Haus des Hauptmanns erreichte, stolperte er und fiel, wie er meinte, in eine tiefe Grube. Um sich zurechtzufinden, brannte er ein paar Streichhölzer ab und sah, dass es ein frisch gegrabenes Loch war. Das Haus war dunkel; und der Soldat, zerkratzt, beschmutzt und außer Atem, wartete ein paar Augenblicke, ehe er hineinging. Bislang war er sechsmal hierhergekommen; dies war das siebte Mal, und es sollte das letzte Mal sein.

Hauptmann Penderton stand am Fenster seines Schlafzimmers. Er hatte drei Tabletten genommen, konnte aber immer noch nicht schlafen. Er war leicht benommen vom Kognak und den Tabletten – aber das war alles. Der Hauptmann, der sehr empfänglich für Luxus aller Art war und penibel auf seine Kleidung achtete, trug nur die einfachsten Schlafanzüge. An diesem Abend hatte er einen Schlafrock aus grober schwarzer Wolle an, der eine jüngst verwitwete Gefängniswärterin weit besser gekleidet hätte. Der ungebleichte Stoff seines Pyjamas war steif und rauh wie Drillich. Und obwohl der Fußboden ausgekühlt war, ging er barfuß.

Der Hauptmann, der verschlafen dem Rauschen des Windes in den Kiefern lauschte, sah plötzlich in der Nacht eine kleine Flamme aufflackern. Und obwohl der Wind sie gleich wieder ausblies, hatte er doch kurz ein Gesicht aufleuchten sehen. Und dieses Gesicht nahm dem Hauptmann den Atem. Undeutlich sah er jetzt eine Gestalt quer über den Rasen gehen. Der Hauptmann zog seinen Schlafrock über der Brust zusammen und presste eine Hand gegen sein Herz. Dann schloss er die Augen und wartete.

Anfangs hörte er nichts. Dann kam jemand vorsichtig die Treppe herauf. Er fühlte es mehr, als dass er es hörte. Die Tür war nur angelehnt, und durch den Spalt sah er einen dunklen Schatten. Er flüsterte etwas, aber es zischte nur leise, als wäre es draußen der Wind.

Hauptmann Penderton wartete ängstlich gespannt, mit geschlossenen Augen. Dann ging er auf den Flur und sah am blassgrauen Fenster im Schlafzimmer seiner Frau den einen, den er suchte. Später glaubte der Hauptmann, er habe in jenem Augenblick schon alles gewusst. Die Seele schützt sich in solchen Momenten instinktiv vor einem schweren Schock, indem sie die Fähigkeit, überrascht zu werden, verliert. In jenem verletzlichen Zustand entwirft sie eine Vielzahl von möglichen Ereignissen. Und ist die Katastrophe da, meint man, sie auf übernatürliche Weise vorhergesehen zu haben. Der Hauptmann nahm seine Pistole aus der Nachttischschublade, ging über den Flur und drehte das Licht im Zimmer seiner Frau an. Und während er das tat, kehrte seine Erinnerung bruchstückhaft zurück: ein Schatten am Fenster, ein Geräusch in der Nacht. Er sagte sich, dass er alles wisse. Was er aber wusste, hätte er nicht in Worte fassen können. Er war sich nur sicher, dass dies das Ende war.

Der Soldat hatte nicht die Zeit, sich aus der Hocke zu erheben. Er blinzelte in das Licht. Er schien keine Angst zu haben, sondern machte nur einen etwas verwirrten, verärgerten Eindruck, als habe ihn jemand unzulässigerweise gestört. Der Hauptmann war ein guter Schütze. Obwohl er zweimal schoss, war auf der Brust des Soldaten nur ein einziges blutendes Loch zu sehen.

Die Pistolenschüsse weckten Leonora, und sie richtete sich im Bett auf. Noch halb im Schlaf, blickte sie um sich, als wohnte sie einer Szene in einem Theaterstück bei, irgendeine grässliche, unglaubwürdige Tragödie. Gleich darauf klopfte Major Langdon an die Hintertür und stürzte dann in Morgenrock und Pantoffeln die Treppe hinauf. Der Hauptmann war gegen die Wand getaumelt. In seinem groben schwarzen Schlafrock sah er aus wie ein verwahrloster Mönch. Selbst im Tod strahlte der Körper des Soldaten ein warmes, tierisches Behagen aus. Sein ernstes Gesicht war unverändert, und seine sonnengebräunten Hände lagen offen auf dem Teppich, als ob er schlafe.

.

›Spiegelbild im goldnen Auge‹

Spiegelbild im goldnen Auge ist ein zweiter Roman, und obwohl seine Würdigung während der Jahre nach seinem ersten Erscheinen ständig zugenommen hat, wurde er damals irgendwie als enttäuschend empfunden, wie es bei zweiten Romanen meist der Fall ist. Wenn das Buch, das einem zweiten Roman vorausgeht, großen Beifall gefunden hat wie *Das Herz ist ein einsamer Jäger*, neigen Kritiker dazu, mit ihrem Wohlwollen zu sparen – eine schon fast automatische Tendenz, dass sie beinahe als Naturgesetz gelten kann. Doch die Gründe für das Versagen, diesen zweiten Roman gerecht zu beurteilen, übersteigen das Maß der gewöhnlichen, vorübergehenden Schädigung, die alle zweiten Romane erleiden müssen, und ich habe das Gefühl, dass diesen Gründen nachzugehen vielleicht zweckdienlich für die Absicht ist, eine neue Wertung vorzuschlagen.

Hier in Rom, wo ich diese Bemerkungen schreibe, ist es mir praktisch unmöglich, direkt aus Rezensionen zu zitieren; doch glaube ich, in meiner Annahme sicherzugehen, dass es ihre Identifizierung mit einer gewissen Schule amerikanischer Schriftsteller, meistens südstaatlichen Ursprungs, ist, die diese Schriftsteller zum Ziel einer ganz besonderen und aggressiven Form des Angriffs machten.

Schon im vorhergehenden Buch werden einige Leser bereits einen warnenden Hinweis auf gewisse Elemente bemerkt haben, die allgemein als ›morbide‹ bekannt sind. Ohne Zweifel gab es Kritiker und auch Leser, die nicht begriffen, weshalb Carson McCullers sich entschlossen hatte, ein so unbekömmliches Thema wie die nur psychische, aber leidenschaftliche Bindung zwischen einem Taubstummen und einem Schwachsinnigen zu behandeln. Doch die Sensibilität des Buches entwaffnete sie. Die Tiefe und Noblesse seines Mitgefühls waren so offensichtlich, dass, zumindest für den Moment, der Vorwurf der Dekadenz zurückgehalten werden musste. Diese Zurückhaltung war nur von kurzer Dauer. In ihrem zweiten Roman wurde der Schleier einer subjektiven Sensibilität jäh zerrissen, welche die einzige Seite ihres Talents ist, die sie gelegentlich bis zu einem gewissen Exzess auswertet. Und die junge Schriftstellerin schleuderte ihnen plötzlich die kabbalistischen Symbole ihrer Gemeinschaft mit einer gewissen Schriftstellergruppe ins Gesicht, die von den ehrbaren ›Humanisten‹ der literarischen Welt als besonders verabscheuungswürdig hingestellt wurden und die unbedingt angeprangert und angegriffen werden mussten.

Da ich die literarischen Zeitschriften nicht verfolge, habe ich keine Ahnung, welcher Titel dieser Schriftstellergruppe von ihren abschätzigen Kritikern gegeben wurde; doch um mir die Sache zu erleichtern, werde ich von ihnen als der Gothischen Schule sprechen. Diese Schule hat eine sehr alte Vergangenheit, doch unser regionales Erbe ihrer Tradition wurde erst durch die frühen Romane William Faulkners, der noch immer ihr berühmtestes und unerreichtes Mitglied ist, wieder in den Vordergrund gerückt. Es gibt etwas in diesem Landstrich, etwas im Blut und in der Kultur der Südstaaten, das sie irgendwie zum Mittelpunkt dieser Gothischen Schriftstellerschule gemacht hat. Gewiss muss ihre Entwicklung etwas Größerem als allein dem Einfluss eines einzelnen Künstlers wie Faulkner zugeschrieben werden, genau wie die existenzialistische Bewegung in Frankreich gewiss größeren Kräften zuzuschreiben ist als dem persönlichen Einfluss Jean-Paul Sartres. Übrigens verbindet diese beiden Schulen, die französische und die amerikanische, etwas Gemeinsames; aber bezeichnenderweise ist der treibende Impuls der französischen Schule intellektueller und philosophischer Art, während der der amerikanischen emotioneller und romantischer Natur ist. Worin besteht nun dieses Gemeinsame? Meiner Meinung nach ist es am einfachsten als eine Empfindung, ein unbestimmtes Gefühl einer dem modernen Erleben zugrundeliegenden furchtbaren Angst zu definieren.

Die Frage, die man am häufigsten in Bezug auf die Gothische Schule hört, ist dies kleine klassische Beispiel:

»Warum schreiben sie über solche *entsetzlichen* Dinge?«

Das ist eine Frage, die nicht nur den erstaunten Lippen von Sommerfrischematronen entfährt, die zufällig durch eine Unachtsamkeit oder einen Schabernack in die sonderbare Welt William Faulkners gestolpert sind, sondern fast genauso oft – und das ist bedeutsamer – den Federn einiger der bedeutendsten Buchkritiker. Wenn es nichts als eine ausschließliche und typisch spießbürgerliche Manifestation wäre, würde der Versuch, darauf zu antworten, sinn- und hoffnungslos sein. Die Tatsache aber, dass sie als Hauptangriffslinie von Elementen wie Kritikern, Verlegern und Buchhändlern, ganz zu schweigen vom Lesepublikum, mit denen der Autor zu tun hat, benutzt wird, macht sie zu einer

Frage, die wir ernsthaft zu beantworten oder wenigstens zu verstehen versuchen sollten.

Die große Schwierigkeit der Verständigung und des Meinungsaustausches liegt in dem Faktum, dass wir, denen diese Frage gestellt wird, und jene, die sie stellen, einfach nicht in der gleichen Welt leben.

Man braucht mir nicht zu sagen, dass diese Bemerkung nach künstlerischem Snobismus schmeckt, der ungefähr so reizlos ist wie irgendeine andere Form, die der Snobismus annehmen kann. (Wenn Künstler Snobs sind, sind sie es vielfach in derselben kindlichen Art, wie es Verrückte sind, nämlich nicht, weil sie anders sein wollen und hoffen und glauben, sie seien es, sondern weil sie ununterbrochen von der unentrinnbaren Tatsache ihres Andersseins ins Gesicht geschlagen werden, was sie so verletzlich und einsam macht, dass sie gewillt sind, die Berufung zum Künstlertum auf sich zu nehmen.)

Manchmal scheint es mir, als gäbe es nur zwei Arten von Menschen, die außerhalb ›dieser unserer sogenannten Welt‹, wie der Dichter E. E. Cummings sie bezeichnet, leben – Künstler und Narren. Natürlich gibt es noch jene, die keine ausübenden Künstler sind, und jene, die nicht in ein Irrenhaus eingeliefert wurden, aber genügend von dem einen oder von beiden magischen Elementen, Irrsinn und Phantasie, in sich haben, um sich weit genug von ›dieser unserer sogenannten Welt‹ ablösen zu können, um sie von außen zu betrachten oder eine Außenansicht von ihr zu erhalten. Doch ich habe das Gefühl, als hätte Mr. Cummings da einen höchst anfechtbaren Standpunkt etabliert, wenn er ohne Weiteres behauptet, dass ›die gewöhnliche eintönige Welt, die dich und mich und Millionen und Abermillionen von Männern und Frauen einschließt‹, ein zum sehr großen Teil mit Spiegeln ausgestattetes Etwas sei, und dass die Spiegel die Millionen von Augen seien, die sich gegenseitig und die Dinge nicht durchdringender betrachten, als es die physikalischen Gesetze erlaubten. Sollten sie merken, dass es da etwas über dieses *soi-disant* Universum hinaus zu entdecken gäbe, nähmen sie zufrieden an, dass es sonntags durch die weichen Töne der Orgel wiedergegeben werde.

Bei Ausführungen dieser Art ist es zuweilen sehr zweckdienlich, im Interesse der Debatte eine Gegenpartei einzuführen, wie Mr. Cummings es mit den von mir zitierten Bemerkungen getan hat. So ein erfundener Gegenpart könnte dann vielleicht an diesem Punkt zu mir sagen:

»Ich habe einige solcher Bücher gelesen wie dieses hier, und ich finde sie ekelhaft und verrückt. Und ich begreife nicht, weshalb jemand den

Wunsch haben sollte, über derartig krankhafte und pervertierte und groteske Kreaturen zu schreiben und zu versuchen, sie als Musterbeispiele für das Menschengeschlecht auszugeben! Ich lese die Zeitungen, und ich finde alles ziemlich grauenvoll. Ich finde die Atombombe entsetzlich, und ich finde die Zerrissenheit der Welt entsetzlich. Ich finde, dass eine Krankheit wie der Krebs furchtbar ist, und ich sehe der Vorstellung zu sterben, keineswegs mit Freude entgegen, ich finde sie entsetzlich. In dieser Weise könnte ich ewig oder zumindest unbegrenzt fortfahren, Ihnen eine ganze Liste von Dingen aufzuzählen, die ich schrecklich finde. Und heißt das nun nicht, das zu haben, was Sie das Sensorium für das Schreckliche oder so nennen?«

Meine zögernde Antwort wäre – »Ja und nein. Meistens nein.«

Und dann würde ich mit meiner üblichen Unbeholfenheit in Diskussionen ein wenig weiter erklären:

»Alle diese Dinge, die Sie da als schrecklich anführen, sind Teile der sichtbaren und fühlbaren Phänomene in jedes Menschen Erfahrung oder Wissen, aber das wahre Sensorium für das Schreckliche ist nicht eine Reaktion auf etwas Fühlbares oder Sichtbares oder gar auf etwas absolut und physisch *Erkennbares*. Vielmehr ist es eher eine

Art intuitiver Wahrnehmung von etwas beinahe zu Unglaublichem und Erschreckendem, um darüber zu sprechen, das der ganzen fragwürdigen Sache zugrunde liegt. Es ist das unerklärliche Etwas, das wir *Mysterium* werden nennen müssen, was diese modernen Künstler zu den Schreckensbildern inspiriert, über die wir soeben gesprochen haben…«

Dann halte ich inne, schaue meinem Gesprächspartner in die Augen, die, so hoffe ich, langsam seinen Wunsch verraten, mir zu glauben, und sage zu ihm: »Habe ich mich jetzt verständlicher gemacht?«

»Vielleicht. Aber ich sehe, es kostet Sie Mühe!«

»Sie haben mich in die Enge getrieben, lieber Freund.«

»Aber wissen Sie, dass Sie mir noch immer nicht erklärt haben, weshalb diese Schriftsteller nun unbedingt über Verrückte schreiben müssen, die schreckliche Dinge tun!«

»Sie meinen die äußeren Formen, in denen sie es tun?«

»Äußere Formen?«

»Sie wehren sich nur gegen ihre Wahl von Symbolen.«

»Symbole sind das?«

»Ja, natürlich. Kunst besteht aus Symbolen, genau wie unser Körper aus lebenswichtigem Gewebe besteht.«

»Warum müssen sie dann…«

»Symbole des Grotesken und Grausamen verwenden? Weil ein Buch kurz und ein Menschenleben lang ist.«

»Das verstehe ich nicht.«

»Überlegen Sie einmal.«

»Sie meinen, ein Buch müsse konzentrierter sein?«

»Genau das. Das Schreckliche muss komprimiert werden.«

»Aber kann denn ein Schriftsteller nicht auch die gleiche Wirkung erzielen, ohne diese verdammten scheußlichen Motive zu verwenden?«

»Ich glaube, ein Schriftsteller hat das getan. Der größte Schriftsteller unserer Zeit: James Joyce. Er hat es fertiggebracht, die ganze Atmosphäre des Schrecklichen einzufangen, ohne auf äußere Formen zurückzugreifen, die, soviel man sieht, dem Normalen und Altbekannten entstammten. Doch er schrieb eben sehr lange Bücher, als er dieses unglaublich schwierige Problem löste; und außerdem gebrauchte er einen Kunstgriff, der als innerer Monolog bekannt ist und den nur er und ein anderer großer moderner Schriftsteller anwenden konnten, ohne ermüdend zu sein.«

»Welcher andere?«

»Marcel Proust. Doch Proust hat nie ganz gewagt, die Botschaft des ›Absoluten Grauens‹ zum Ausdruck zu bringen. Er war ein zu großer körperlicher Feigling. Die Atmosphäre seines Werkes hat eher etwas Mutterleib-Ähnliches. Die Flucht in die Sicherheit kommt sehr deutlich heraus.«

»Mir scheint, wir haben lange genug diskutiert. Sollten Sie nicht jetzt wieder auf Ihr eigentliches Thema zurückkommen?«

»Dank Ihnen bin ich mit meinem Thema so gut wie am Ende.«

»Wollen Sie nicht so eine Art zusammenfassende Darstellung geben?«

»Zusammenfassend? Doch. Ich will es wenigstens versuchen. Hier ist sie: *Spiegelbild im goldnen Auge* ist eines der reinsten und stärksten jener Werke, welche in dieser Geschmacksrichtung des Schrecklichen konzipiert wurden, der Geschmacksrichtung, die der unheimliche dunkle Urgrund fast aller bedeutenden modernen Kunst ist, angefangen vom *Guernica* Picassos bis zu den Karikaturen von Charles Addams. Zufrieden?«

»Ich gebe es auf, mit Ihnen zu streiten. Leben Sie wohl.«

Es ist schon wahr, dass diesem Buch irgendwie die thematische Größe des *Chasseur solitaire* fehlt, aber es gibt einen ebenso wichtigen Punkt, in dem es jenem überlegen ist.

Der erste Roman hatte eine Tendenz, an gewissen Stellen den Rahmen zu sprengen, als hätte die junge Schriftstellerin ihre Virtuosität noch nicht ganz unter ihre Kontrolle bekommen. Doch in ihrem zweiten Roman findet sich eine absolute Meisterschaft der Anlage. Es liegt eine monumentale Präzision im Aufbau des zweiten Buches. Ferner finde ich, dass es ihm vollkommen gelingt, eine eigene Realität zu etablieren, indem es seine ureigene Welt schafft; und das ist etwas, was in erster Linie das Werk eines großen Künstlers von dem eines Berufsschriftstellers unterscheidet. In diesem Buch gibt es vielleicht keine einzige Stelle, die das Herz so unerbittlich ergreift wie die Szene im früheren Roman, wo der taubstumme Singer nachts vor der armseligen Behausung steht, die er vormals mit dem schwachsinnigen und jetzt dem Tode nahen Antonapoulos bewohnt hat. Die bewegende tragische Sensibilität solcher Szenen trat viel häufiger in *Das Herz ist ein einsamer Jäger* zutage. Hier ist das künstlerische Klima rauher. Die Tragödie kommt klarer heraus, eine griechische Reinheit kühlt sie, der manchmal übermächtige Druck ist mehr gedanklicher Art. Scharfsinnige Kritiker hätten gerade diesen Roman als das Gegenteil einer Enttäuschung empfinden sollen, nachdem er das eine Attribut sichtbar macht, welches in Carson

McCullers' erstaunlicher Fülle von Begabungen noch gefehlt hat: die Fähigkeit, einen jugendlichen Lyrismus zu überwinden.

Ich möchte jedoch hinzufügen, dass dieser zweite Roman noch nicht ihr größter ist. Er wird von ihrem dritten, *Frankie*, übertroffen, welcher die rührende Zartheit des ersten mit der monumentalen Qualität des zweiten in sich vereinigt. Doch dieses Buch wird nun wiederum von einem etwas kürzeren übertroffen. Ich spreche von der *Ballade vom traurigen Café*, das bestimmt zu den Meisterwerken unserer Sprache in der Form der Novelle gehört.

Während der zwei Jahre, die ich meist in Europa verbrachte, war ich von der Diskrepanz in der Einschätzung Carson McCullers' zwischen Amerika und Europa sehr beeindruckt. Durch das Übersetzen wird die Spreu vom Weizen geschieden. Die weniger großen und zweitrangigen Talente, von denen unsere literarische Landschaft marktschreierisch mit Namen überschwemmt worden ist, die durch professionelle Machenschaften und eine raffinierte kommerzielle Reklame hochgespielt wurden, haben bei uns in Amerika die Stellung befugterer Talente überschattet. In Europa jedoch steht der Name Carson McCullers dort, wo er hingehört, nämlich unter den vier oder fünf überragenden Vertretern der zeitgenössischen amerikanischen Literatur.

Carson McCullers arbeitet nicht schnell. Sie steht nicht unter dem Zwang dieser lächerlichen allgemeinen Vorstellung, dass ein guter Romancier jedes Jahr ein Buch herausbringen müsse. Fünf lange Jahre lagen zwischen ihrem zweiten Roman und dem dritten. Ich höre gerade, dass sie die Arbeit an einem vierten begonnen hat. Eine schönere literarische Botschaft könnte es für uns gar nicht geben, für jeden von uns, der wie ich in ihrem Werk eine solche Intensität und einen Adel des Geistes gefunden hat, wie es sie in unserer Prosaliteratur seit Herman Melville nicht mehr gegeben hat. Inzwischen sollte sie durch die ständig wachsende Fülle der Beweise darin bestärkt werden, dass ihre Werke, die sie bereits vollendet hat, so wie auch dieses Werkes, nicht mit der Zeit verblassen, sondern noch heller leuchten werden.

»Der Diogenes Verlag will durch lesbare
Literatur unterhalten, durch Neues
vor den Kopf stoßen, aber auch Altes neu
entdecken; das ›Neue um des Neuen
willen‹ übersehen und so das Modische
vom Modernen unterscheiden. So viel
wirklich Neues kann es gar nicht geben.
Echte Avantgarde, sagt Karl Kraus, ist
nichts anderes als der mutige Rückschritt
zur Vernunft – und an das Neue, das
nur aussieht wie das Alte, muss man sich
erst gewöhnen.«

DANIEL KEEL

Roman
Aus dem amerikanischen Englisch von Susanna Rademacher
Mit einem Nachwort von Richard Wright
592 Seiten
Auch erhältlich als eBook und Hörbuch

Der Roman spielt im Staat Georgia, in einer hässlichen heißen Innenstadt. Es ist die Geschichte eines begabten Mädchens, Mick Kelly, und ihres gewaltsamen Kampfes gegen eine unnachgiebige und harte Umgebung. Carson McCullers' mitleidiges Engagement gilt den einsamen Sonderlingen und Außenseitern, die sich um den taubstummen John Singer scharen, um ihm ihr Herz auszuschütten.

Carson McCullers
Die Ballade vom
traurigen Café

Diogenes

Aus dem amerikanischen Englisch von Elisabeth Schnack
128 Seiten
Auch erhältlich als Hörbuch

Miss Amelias Café ist die einzige Vergnügungs-
stätte weit und breit. Dort verkauft die unabhän-
gige und starke Frau ihren selbstgebrannten
Schnaps, und dort lebt sie mit Vetter Lymon, einem kleinen buckligen Mann, der gar nicht ihr
Vetter ist. Dann jedoch kehrt ihr ehemaliger
Mann in die Stadt zurück. Eine tragische Drei-
ecksgeschichte aus den amerikanischen Südstaaten über die im Leben ewig zu kurz Kommen-
den, über Sehnsucht, Verrat, bittere Enttäuschung
und kurzes Glück.

Roman
Aus dem amerikanischen Englisch von Elisabeth Schnack
Mit einem Nachwort von Siegfried Lenz
408 Seiten

In ihrem letzten Roman thematisiert Carson McCullers die Unabwendbarkeit des Todes: Dem Apotheker Malone wird von seinem Arzt eröffnet, daß er nur noch ein gutes Jahr zu leben hat. Ist das genug Zeit, sich vom Vergangenen zu verabschieden und das Sterben zu akzeptieren?